わたし以外とのラブコメは許さないんだからね

watashi igai
tono
LOVE COME ha
yurusanain
dakarane

羽場楽
ill.イコモチ

Sena
Kisumi
瀬名 希墨
お人好しのクラス委員。
器用貧乏ゆえ目立たない。
ヨルカのことが大好き。
Yoruka
Arisaka
有坂 ヨルカ
学校一の美少女。
気の強い恥ずかしがり屋。
希墨のことが大好き。

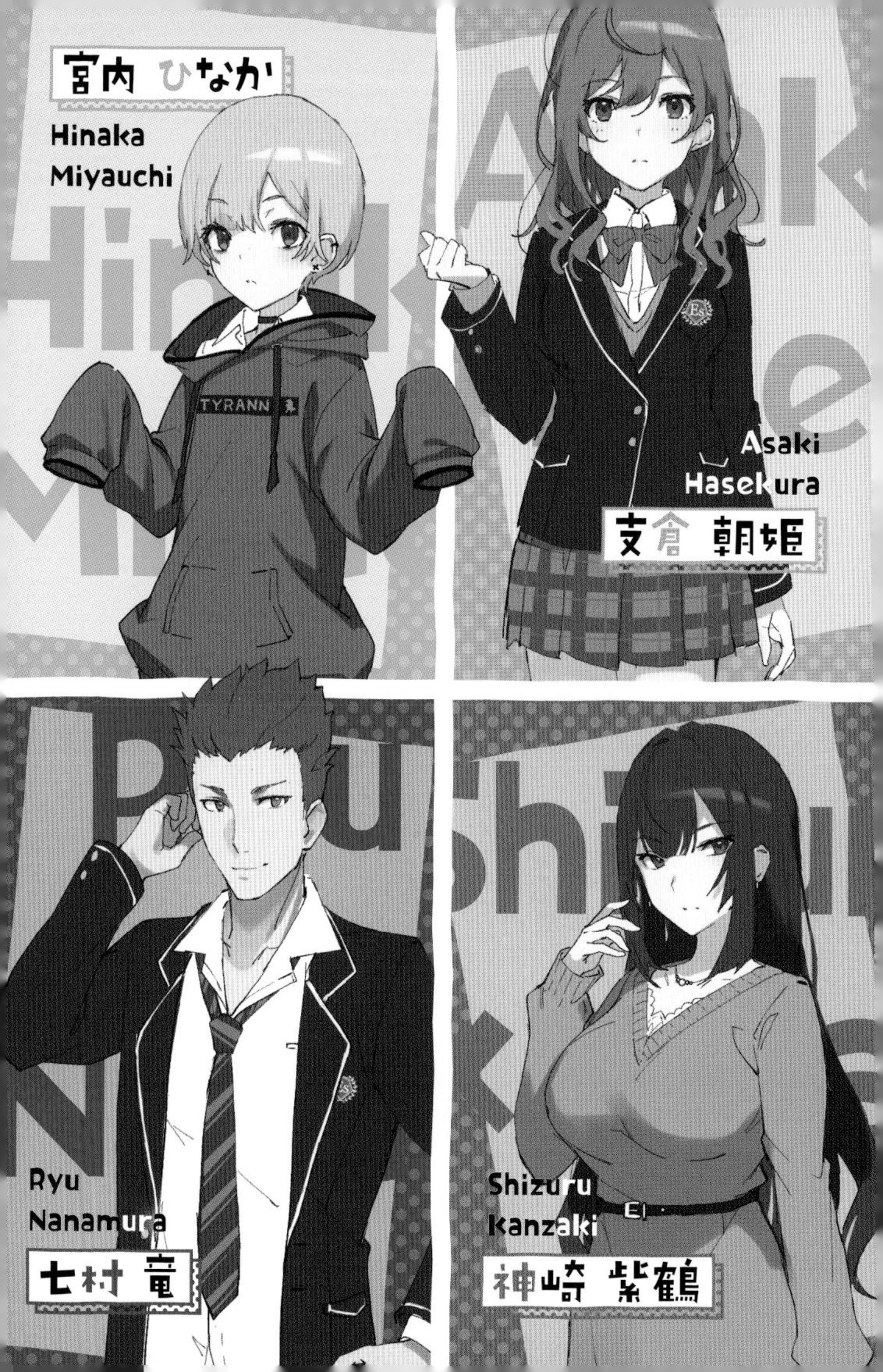

支倉 朝姫
Asaki
Hasekura
宮内 ひなか
Hinaka
Miyauchi
TYRANN
神崎 紫鶴
Shizuru
Kanzaki
七村 竜
Ryu
Nanamura

「このあとどうしようか？」
「雨もやむ気配ないし、どっかで休んでいきたいよな」
「――休むって、わたしをどこに連れこむ気ッ!?」

「……、違う！　違うからな！」
「希墨のエッチ……」
下校中、雨。
彼氏と彼女の放課後。

二人きりの保健室にて。

密着。鼓動。吐息。

「頑張った人には、ごほうびでしょう」

「大胆だな」

「嫌なの？」

「最高すぎて、このまま死にそう」

「死んでほしくないから離れようか」
「嘘。離れないでいて、一生」

わたし以外とのラブコメは許さないんだからね

watashi igai
tono
LOVE COME ha
yurusanain
dakarane

羽場楽人
ill. イコモチ

第一話　内緒で、禁止で、イチャつきたい

男女の友情は成立する、なんて大嘘《おおうそ》だ。

最初に提唱した人物が歴史に名を残していないのが、その証拠《しょうこ》だろう。

こんな戯言《たわごと》を言えるのは相手をキープしておきたいモテる女のご都合主義か、次の一歩を踏《ふ》み出《だ》せない男のやせ我慢《がまん》に決まっている。もちろん逆もありえる。

ただ俺が言いたいのは、少なくとも瀬名希墨《せなきすみ》という男には無理だということだ。

根拠《こんきょ》のない言葉を信じて、本心を誤魔化《ごまか》せないほど俺の気持ちは強くなっていた。真剣《しんけん》だから悩《なや》みに悩《なや》み、それでも俺は自分の気持ちを伝えることを選んだ。

まさか彼女に恋《こい》をするとは思わなかった。

はじまりは偶然《ぐうぜん》かもしれないけど、この気持ちは本物だ。

「好きです。俺と付き合ってください」

高校一年生の最終日、俺は有坂《ありさか》ヨルカに告白した。

気の早い満開の桜の下で、一世一代の大勝負。

「瀬名《せな》が、わたしのことを好き？」

有坂《ありさか》は驚《おどろ》きを通《とお》り越《こ》して呆然《ぼうぜん》としていた。

呼び出したのは校舎裏の大きな桜の木。気を利《き》かせて校内でも有名な告白スポットを指定したにもかかわらず、彼女は今の事態が完全に予想外のようだった。

不釣《ふ》り合《あ》いなのは最初からわかっている。

誰《だれ》が見ても美しくて優秀《ゆうしゅう》な有坂《ありさか》ヨルカと平凡《へいぼん》で目立たない瀬名希墨《せなきすみ》ではあまりにも差がありすぎた。共通項《きょうつうこう》は同じクラスだったことくらい。

「瀬名《せな》はわたしと恋人《こいびと》になりたいって意味、だよね？」

有坂《ありさか》の声は震《ふる》えている。

「もしかしなくても彼氏彼女の関係に変わりたい。大マジで、心から」

勇気を出して伝えた好意はまるで届いていないようにも見えた。

もちろん、告白は俺の一方的な都合だ。彼女がどう感じようと自由である。恋人《こいびと》という特別な関係性を有坂《ありさか》が好ましく思っていないのは俺もよく知っていた。

有坂《ありさか》ヨルカはすごく美人ゆえにモテすぎる反動で、ちょっとした人間不信である。

いつでもどこでも人々の関心を集める日常は、すべての他人がストレスの原因となりうる。特に彼女の美貌《びぼう》に惹《ひ》かれた者達が告白し、にべもなく撃沈《げきちん》された光景を幾度《いくど》となく見てきた。

有坂ヨルカの容赦ない対応の甲斐もあり、今や彼女に告白する者はいない。

果たしてこんな美人が好きになる幸運な相手とは一体どんな男なのか。

正直、自分が有坂からOKをもらうイメージさえ浮かばない。

そんな無謀《むぼう》な挑戦《ちようせん》に臨《のぞ》む俺は、愚《おろ》かなのだろう。

下手をすれば卒業まで口を利《き》いてもらえない大博打《おおばくち》。

だけど本気の好きって理屈《りくつ》じゃない。

冷静でいたら、あの有坂《ありさか》と真正面から向き合うのも不可能だ。

「彼氏と、彼女ッ……」

有坂《ありさか》は叫《さけ》ぶのを押しとどめるように口元を手で隠《かく》し、そのまま後ろによろける。

なんだか様子がおかしい。

「あ、有坂《ありさか》……？」

「瀬名《せな》、本気？　わたしがOKしたら、恋人《こいびと》になっちゃうのよ！」

「うん。離《はな》れてる時も連絡《れんらく》とりたいし、デートもしたい」

「わたしと、エッチなことも？」

いきなり過程をすっ飛ばした質問に、俺の緊張《きんちよう》は一瞬《いっしゅん》で吹《ふ》っ飛《と》ばされる。

「興味がないと言ったら嘘《うそ》になる」

俺は間髪入《かんはつい》れず真顔で即答《そくとう》した。

ここで怯《ひる》んだり、恥《は》ずかしさでニヤけたらキモイ印象をあたえる。俺は本気だ。

「正直者！」

「有坂《ありさか》が聞いたんだろう⁉」

「だって、そんな、勢いよく答えるとは思わないもん！」

有坂《ありさか》は、同い年とは思えないほど魅力的《みりょくてき》な自分の身体《からだ》を抱《だ》きしめて身構える。

華奢《きゃしゃ》な手足に均整のとれた肢体《したい》、細い腰《こし》を強調するように、胸は豊かでお尻《しり》も大きい。凶《きょう》悪《あく》なほどに女性的なその身体《からだ》つきは男女を問わず見惚《みと》れてしまう。

「ふ、ふーん。瀬名《せな》ってばわたしに興味があるんだ」と有坂《ありさか》は上ずった声で、なんとか普段《ふだん》の強気を保とうとしていた。

「言っとくけど、俺が惚《ほ》れたのはおまえの中身だぞ。そこは勘違《かんちが》いしないでくれ」

「物好き」

「なんでだよ」

「わたし、絶対に恋愛《れんあい》に不向きな性格してるから苦労するだけよ」

「有坂《ありさか》、彼氏がいたことあるのか？」

「あ、あるわけないでしょう！　バカ！」

猛然《もうぜん》と否定してくる。

「じゃあ付き合ってみなきゃわからない。男にとって好きな女の子の短所なんてかわいく感じるポイントでしかないんだからさ」

「まったく、恥《は》ずかしいことを平気で言って……」

ゆるやかな風が吹《ふ》く。

有坂《ありさか》の長い髪《かみ》を揺《ゆ》らし、桜の花びらが舞《ま》う。

その薄紅《うすべに》のせいだろう。彼女の頬《ほほ》がわずかに赤く染まったように見えた。

艶《つや》やかな長い髪《かみ》は腰《こし》まで届き、処女雪のように真っ白な肌《はだ》は内側から光っているようだ。

目鼻立ちのはっきりした清楚《せいそ》な顔は小さい。すっきりとした顎《あご》のライン。長く濃《こ》いまつ毛でふちどられた瞳《ひとみ》は吸いこまれてしまいそうなほど大きい。

やっぱり、有坂《ありさか》ヨルカは素敵《すてき》な女の子だ。

「こっちは告白すると決めた時点で覚悟《かくご》を決めたからな」

「覚悟《かくご》って？」

「最悪、有坂《ありさか》に嫌《きら》われても俺は自分の気持ちを知ってほしかった」

「わ、わたしが、瀬名《せな》を嫌《きら》いになることなんてないよ」

有坂《ありさか》はすごくぎこちない。それは一年間クラスメイトであった俺への彼女なりの精一杯《せいいっぱい》の温情なのかも。

「そう、か……」

今の言葉は、これからもよいお友達でいましょうって意味なのだろう。

ダメだったか。俺はじわじわと暗い感情がにじむのを感じた。

この場の沈黙《ちんもく》を埋《う》める気の利《き》いた言葉が浮《う》かばない。有坂《ありさか》も黙《だま》ったままだ。大人しくこのまま去るべきか、と思いかけた時、有坂《ありさか》から信じられない言葉が告げられた。

「――自分の好きな人から告白されるのは、はじめてだから」

……聞きまちがい、ではないよな？

彼女は確かに俺のことを「自分の好きな人」と言った。

「あ、有坂《ありさか》。今のって？」

「もぉーむりぃ！　耐《た》えられないッ！」

彼女は急に大きな声をあげて、桜の木の方を向いた。華奢《きゃしゃ》な肩《かた》がふるふると揺《ゆ》れている。

「どうした、有坂《ありさか》。なんで震《ふる》えてるんだ？」

「嘘《うそ》でしょう⁉　瀬名《せな》がわたしのこと好きだなんて！　こんなことある⁉　夢なら覚めないで！」

両脚《りょうあし》までもバタバタさせて、有坂《ありさか》ヨルカは喜びの悲鳴をあげた。

それはもうクリスマスの朝にお目当てのプレゼントを贈《おく》られた小さな女の子のように全身で喜びを表していた。

「めっちゃテンション高いな」

「誰《だれ》のせいよ！　責任とりなさい！」

「ええ、俺が怒《おこ》られるの⁉」

普段《ふだん》のクールな雰囲気《ふんいき》など微塵《みじん》もなく有坂《ありさか》ヨルカは喜びながら器用に逆ギレする。

こっちを向いた有坂《ありさか》の表情は、めちゃくちゃ緩《ゆる》んでいた。

彼女は両手で自分の紅潮した頰《ほほ》を押し上げる。それでも瞳《ひとみ》に輝《かがや》く喜びの色は隠《かく》しきれない。

「だって、わたし達は両想《りようおも》いなんだよ！　浮《う》かれるなって方が無理！」

「浮《う》かれて、くれるのか……」

「なんで瀬名《せな》はそんなテンション低いの？　嬉《うれ》しくないの？」

「有坂《ありさか》の反応が予想外すぎて、喜ぶタイミングを逃《のが》した」

俺はあまりにも現実味のない展開に、むしろ冷静になってしまった。ドッキリじゃないよな。

「つまんない！　わたしだけバカみたいじゃない。すっごく緊張《きんちよう》してたんだからね。今だってまだ緊張《きんちよう》してるし！」

俺を見つめる大きな瞳《ひとみ》は嬉《うれ》し泣《な》きで宝石のように輝《かがや》いている。

ここは喜びを分かち合う幸せな場面だよな。

なぜ俺は、やたら興奮気味な両想《りようおも》いの彼女にいきなり説教されてるの？　少々面食らったが、深呼吸しながらこれが現実であることに確信を持つと、

「……いいのか？　俺が正直な感情を解放したら犬のように駆《か》け回《まわ》るぞ」

俺はドヤ顔で予言する。

「それはウザいな。他の人にバレるのは恥《は》ずかしいし、面倒《めんどう》くさい」

有坂《ありさか》もすこしだけ冷静さを取《と》り戻《もど》す。

あらためて顔を見合わせ、お互《たが》い即座《そくざ》に目を逸《そ》らす。

「あのさ、有坂《ありさか》の気持ちも一応は伝わってるんだけど」

「一応って、なによ？」

「俺に好意的だってことは、十分にわかるよ。けど……」

「けど？」

「まだ告白の返事を聞いてない」

「嬉《うれ》しくて、すっかり忘れてたわ。……省略しちゃダメ？」

「ダメ。超大事《ちょうだいじ》なところ」

ここは譲《ゆず》れない。

「や、やさしくない」

「最初から甘やかすとロクなことにならんからな！」

「……すっごい緊張《きんちょう》するんだけど」

有坂《ありさか》は耳まで真っ赤にしながら、下唇《したくちびる》を何度となく薄《うす》く噛《か》む。肝心《かんじん》の言葉を発しようとしているようだが、声にならない。

「有坂《ありさか》。深呼吸でもしておく？」

「うん。ちょっと待って」と二度ほど大きく息を吸って吐《は》く。立派な胸がすごく上下した。

「落ち着いた？」

「瀬名《せな》。よく告白なんてできたね」

「褒《ほ》めてくれてありがとう。俺もはやく褒《ほ》めさせて」

「自分だけ先に済ませたからって余裕《よゆう》ぶってんじゃないわよ！」

「照《て》れ隠《かく》しが強いよ！　勝ち確定の告白だろ！」

この期《ご》に及《およ》んで往生際《おうじょうぎわ》が悪い。ケンカ腰《ごし》で恥《は》ずかしがるな。かわいいから思わず許したくなってしまうじゃないか。

「わ、わたしがどれだけ片想《かたおも》いしてたと思ってるの⁉　半年よ！　もうちょっと待ってくれてもいいでしょう！」

「……そんな前から俺のことを好きでいてくれたのか。まったく男扱《おとこあつか》いされてないと思ってた」

衝撃《しょうげき》の事実。俺達の両想《りょうおも》い期間《きかん》は結構長かった。

「そ、そりゃ夏前からずーっと美術準備室に通ってくるんだもの。用もないのに男子とふたりきりってすごく緊張《きんちょう》するんだから」

校舎の隅《すみ》にひっそりとある美術準備室は、教師黙認《きょうしもくにん》の彼女だけの秘密基地。

授業中以外、有坂《ありさか》ヨルカはそこに潜《ひそ》んでおり、俺は毎日のように彼女と話すために通っていた。いつ遊びに行っても有坂《ありさか》は不機嫌《ふきげん》そうに接してきた。あれは緊張《きんちょう》だったのか。

「緊張《きんちょう》は俺も一緒《いっしょ》だよ」

「よくもまぁ諦《あきら》めずに毎日のように顔を出したものよね。せ、瀬名《せな》ってばどれだけわたしのこと好きなのよ」

有坂《ありさか》は必死に強がり、自分の優位を保とうとする。

「そりゃ好きだよ。だから今、告白してるわけだし」

「ダメ押ししないで！　もっと緊張《きんちょう》するからッ！」

「俺の愛はそんなに影響力《えいきょうりょく》を持つのか」

数えきれないほどの告白をされてきた美少女がうろたえる姿は超貴重《ちょうきちょう》である。

「だって──瀬名《せな》だけは特別だから」

有坂《ありさか》は絞《しぼ》り出《だ》すように真実を打ち明ける。

「……だから、瀬名《せな》の呼び出しには来たんだよ」

モジモジする有坂《ありさか》。この場に呼び出した意味を最初から理解していてくれたらしい。

「有坂《ありさか》ヨルカさん。返事を、聞かせてください」

俺はゆっくりと、決定的瞬間《けっていてきしゅんかん》を促《うなが》す。

「……瀬名《せな》」

「うん」

「はぁ〜〜もう限界。瀬名《せな》ッ、続きは今度ね」

「え、続き？　有坂《ありさか》⁉　有坂《ありさか》ぁ——ッ‼」

俺が戸惑《とまど》っているうちに、彼女は校舎裏から走り去ってしまった。

「今度って……次は新学期なんですけど」

茫然《ぼうぜん》と立ちすくんでいた俺は、ふいに別の視線を感じた。

周囲を見回し、校舎の方を見上げても誰《だれ》もいない。気のせいか。

桜が咲《さ》き乱《みだ》れる春の日、俺の告白で両想《りようおも》いを盛大《せいだい》に喜んだ有坂《ありさか》。

しかし、その明確な返事を聞けないまま俺は春休みに突入《とつにゆう》したのであった。

◇◇◇

俺は死ぬほど悶々《もんもん》とした春休みを送っていた。

有坂《ありさか》の反応を見る限り、好きか嫌《きら》いかで言えば、間違《まちが》いなく俺のことが好きであろう。

なら、なんで返事を先延ばしにするの⁉

「好き」の二文字で俺達の関係はめでたく恋人《こいびと》にランクアップする。

そしたら春休みをバカみたいに浮《う》かれてすごすことができたのに……。

「うぅ、しんどい」

返事をもらえなかった俺は、出口のない妄想地獄《もうそうじごく》に陥《おちい》っていた。

夜も眠《ねむ》れず、この春休みの間は完全に情緒不安定《じょうちょふあんてい》の極《きわ》みである。

限りなく恋人《こいびと》に近い友人という宙ぶらりんな関係に、妙《みょう》な妄想《もうそう》がはかどる一方、疑心暗鬼《ぎしんあんき》になって起こってもいないことで勝手に傷つく、をベッドの上でひたすら繰《く》り返《かえ》していた。

「……せめて連絡先《れんらくさき》の交換《こうかん》くらいすればよかったぁ」

有坂《ありさか》ヨルカの名前がないスマホの画面が虚《むな》しく光る。

後悔《こうかい》しても後の祭り。

彼女はクラスメイトの誰《だれ》とも連絡先《れんらくさき》を交換《こうかん》していない。もちろん俺も。彼女の隠《かく》れ家《が》である美術準備室に顔を出すようになっても、タイミングを逸《いっ》して連絡先《れんらくさき》を知らないまま今日に到《いた》る。

なにもできないから大人しく春休みが終わるのを待つしかない。

すげえ苦行。

本気で恋《こい》するとこんなに胸が苦しくなるのか。

なんせ年齢《ねんれい》＝彼女いない歴である。経験不足もはなはだしい。

こんな時はこういう行動をとれば上手《うま》くいく、みたいな知見もゼロ。予測もつかない。

初心者にいきなり実戦経験を積ませるしかないのが、恋愛《れんあい》のエグイところだ。

もともと恋愛《れんあい》に強い憧《あこが》れを抱《いだ》くタイプではない。

思春期に入り、そのうち恋人《こいびと》ができたらいいなぁくらいの淡《あわ》い願望こそあれど、一刻も早く彼女をゲットしたいと焦《あせ》るほどでもなかった。

だから、俺を変えたのは間違《まちが》いなく有坂《ありさか》ヨルカだ。

恋《こい》する気持ちは行動力にもなるが、己《おのれ》を蝕《むしば》む呪《のろ》いともなりえる。

不規則な生活リズムで顔色は悪く、意味もなく廊下《ろうか》を徘徊《はいかい》、風呂場《ふろば》で奇声《きせい》を発する、突発的《とっぱつてき》な暴飲暴食、かと思えば汗《あせ》だくになるまで筋トレで己《おのれ》を苛《いじ》め抜《ぬ》く、などなど。

小学四年生の妹いわく「きすみくん、なんか変だよ」と恐《こわ》がられるほど挙動不審《きょどうふしん》らしい。

あと、ちゃんとお兄ちゃんと呼びなさい。

結局、春休みは友達からの呼び出し以外、ほぼ家に引きこもっていた。

短いはずの春休みがこれほど長いと感じたことはない。

そして迎《むか》えた新学年、初日。

目覚ましよりも先に起床《きしょう》した俺はダッシュでブレザーの制服に着替《きか》える。ネクタイを適当に結び、朝食も食わずに家を出た。いつもより相当早い登校である。

掲示《けいじ》された二年生のクラス分け表を確認《かくにん》、有坂《ありさか》と同じ二年A組であることにガッツポーズ。

俺は一番乗りの教室で彼女が来るのを待ち構えていた。

次々に登校してくる顔見知りの友達と気もそぞろな挨拶《あいさつ》をしながらも、いつまで経《た》っても有坂《ありさか》は現れない。

やがて今年も俺の担任となった神崎紫鶴《かんざきしづる》先生が教室に入ってくる。

そのタイミングを狙《ねら》ったように有坂《ありさか》ヨルカはギリギリで登校してきた。

有坂《ありさか》が姿を見せた途端《とたん》、教室の空気が変わる。

クラスメイトはどこかソワソワした様子で美しい少女に視線を送った。

有坂《ありさか》は長い髪《かみ》をなびかせ、全方位から注がれる羨望《せんぼう》の視線を涼《すず》しい顔で無視していく。

その中でも、もっとも熱い視線を浴びせていたのは間違《まちが》いなく俺だ。

彼女は一切《いっさい》こちらに目をくれようとしない。

まるで俺が透明人間《とうめいにんげん》になったみたいに瀬名希墨《せなきすみ》を無視する。

自分の机に向かう途中《とちゅう》、俺の横を通ったのに視界に入れようともしない。

いつも以上に澄《す》ました表情で、明らかに俺という存在を無いものとして扱《あつか》う。

「なんなんだ?」

有坂《ありさか》の態度に俺は戸惑《とまど》う。おかしい。絶対に変だ。

俺は座席から腰《こし》を浮《う》かせて、なんとか有坂《ありさか》の様子を観察しようとする。だがここから見えるのは彼女の美しい横顔くらいだ。まつ毛長いなぁ。

「瀬名《せな》さん、前を向いてください。なにをソワソワしているのですか。漏《も》れそうなんですか?」

神崎《かんざき》先生の落ち着いた声で注意される。

「いろいろ出そうでヤバいです」

「恥《は》ずかしいことにならないように。今日から高校二年生ですよ」

塩対応な神崎《かんざき》先生は聞き流し、そのやりとりにクラスメイトが笑う。

唯一《ゆいいつ》、有坂《ありさか》だけが笑っていない。俺は嫌《きら》われてしまったのだろうか。

不安を紛《まぎ》らわせようと彼女の反応を前向きに捉《とら》えてみた。

もしかして恥《は》ずかしがっているとか。告白の時でさえ、その場で返事ができないくらい緊《きん》張《ちょう》していたのだ。告白以来の再会、ぎこちないのも無理はない。

「……にしたって無視しすぎだろう」と俺は小さくぼやく。

俺がこの春休み、どれだけヤキモキしたと思っているのか。

やっと会えたのに、あの極端《きょくたん》すぎる振《ふ》る舞《ま》い。想《おも》いを募《つの》らせていたのは俺ばかりで、向こうはまったく気にとめていないパターンも否定できない。

有坂《ありさか》の場合、この春休み中に冷めて「やっぱりなし」とか平気で言いそうだし。

俺はだんだんと本気で不安になってきた。

「はい、皆《みな》さん。これから始業式です。体育館に移動します」

みんなが席から立ち上がって廊下《ろうか》に出ていく中、俺は真っ先に有坂《ありさか》の机に向かった。

彼女だけが椅子《いす》に座ったまま動かない。

「有坂《ありさか》。今年も同じクラスだな。よろしく」

とりあえず無難な言葉で話しかけてみる。

「――知ってた」

そう答える彼女の声はそっけない。

「え、なんで？」

「どうでもいいでしょう」

「有坂《ありさか》、一体どうしたんだ？」と俺の声がかすかに上ずる。

「別に」

「別にって、なんか変だぞ……」

俺が有坂《ありさか》の正面に回りこむと、彼女は顔をぷいと背《そむ》ける。無関心を装《よそお》うとする冷たい横顔さえ見惚《みと》れてしまうほど美しいのだから質《たち》が悪い。

あぁ俺はこの子に夢中なのだ。

だが、とても告白の返事を聞ける空気ではない。

気づけば教室には俺達ふたりだけだ。

廊下《ろうか》から神崎《かんざき》先生が「おふたりとも、行きますよ」と声をかけてくる。

「す、すみません！　すぐに追いつくんで！」

俺は咄嗟《とっさ》にそう返事をしてしまう。

「……遅《おく》れずに」と神崎《かんざき》先生はそれ以上言わなかった。

とはいえ、どうにかする方法なんて思いつかない。しかしこのタイミングを逃《のが》せば一生告白の返事を聞けない気がした。

なぁ有坂《ありさか》。俺の告白に、両想《りょうおも》いだって喜んでたよな。

嬉《うれ》しかったのは俺だけじゃないだろう？

廊下《ろうか》で団子になっていたクラスメイトの気配が遠ざかる。それを見計らっていたのか、

「――待たせてごめんなさい」

と、彼女は小さく口を開いた。

「え？」

やっと、目が合う。

「あの時は舞《ま》い上《あ》がりすぎちゃって、もうなんか頭ぐるぐるって感じで」

有坂《ありさか》はせわしなく視線を動かし、俺の顔を見ては恥《は》ずかしそうに目を逸《そ》らす。

「あの場で返事しなかったこと、すぐ後悔《こうかい》した。自分の気持ちを伝《つた》え損《そこ》ねるってこんなに苦しいんだって自己嫌悪《じこけんお》。だから春休みは……両想《りょうおも》いなのに、ずっときつかった」

わずかに目を伏《ふ》せて、有坂《ありさか》は意気ごむ。

「ねぇ、あの時の告白ってまだ有効？」

俺を真正面にじっと捉《とら》える。今度は視線を逸《そ》らさない。こちらの反応をじっと待つ。

「も、もちろんッ！　ずっと有効！　永久に有効だ！」

俺は早口で答える。

「告白の返事、今ちゃんと言うね」

有坂《ありさか》は俺を見上げながら、欲《ほ》しかった言葉をそのまま伝えてくれた。

「わたしも好き。ずっと瀬名《せな》が好きだった。だから、あなたの告白を受けます。わたしを彼女にしてください」

世界一幸せな瞬間《しゅんかん》があるとすれば、好きな女の子と付き合えることが決まった時だろう。

まさか自分の人生でこんな瞬間《しゅんかん》があるとは思わなかった。

未体験の感動に包まれて、しばし動けなくなる。

「瀬名《せな》？」

有坂《ありさか》の細い指が俺の手の甲《こう》を触《ふ》れる。彼女の手は緊張《きんちょう》のせいかとても冷たかった。

別の体温に接して、俺はようやく我に返った。

「────あ」

安心した途端《とたん》、ぐぅ～と腹の虫が盛大《せいだい》に鳴った。

俺達は顔を見合わせて吹《ふ》き出《だ》す。

「ねぇ、ちょっと。わたしへの返事がお腹《なか》の音って本気？　信じられない」

有坂《ありさか》は腹を抱《かか》えて笑う。

「し、仕方ないだろ！　有坂《ありさか》のことが気になりすぎて、朝飯も食べてないんだから！」

「へぇーじゃあ、ネクタイがそんなに曲がってるのも慌《あわ》てて結んだから？」

言われて、俺ははじめて気づく。

「仕方ないなぁ」と彼女は立ち上がって、俺の襟元《えりもと》に手を伸《の》ばす。

俺は彼女にされるがままじっとしている。距離《きょり》がすごく近い。

「はい、できた。どう、苦しくない？」

有坂《ありさか》は絶妙《ぜつみょう》な締《し》めつけ具合でネクタイを綺麗《きれい》に仕上げてくれた。

「完璧《かんぺき》」

「そう。よかった」

「あ、ありがとう」

「だらしない人ってわたし好きじゃないんだ」

「身だしなみには全力で気をつけます」

「今回はわたしの責任。それくらい、いくらでも直してあげるわ。彼女だし……」

有坂《ありさか》は得意げに笑う。

え、このカワイイ存在ヤバくない？

「有坂《ありさか》」

「なに？」

「俺、超好《ちょうす》きだわ」

「そういう不意打ち禁止！　特に人前とかでは絶対ダメだからね！」

「なんで？　自分の気持ちを言っただけじゃん」

「わたしが苦手なの！　あ、わたし達が付き合うことは誰《だれ》にも内緒《ないしょ》ね！　約束！」

「別に構わないけど理由聞いていい？」

「嬉《うれ》しいけど恥《は》ずかしいから。まだ緊張《きんちょう》するし、こういうのはふたりだけの特別なことでしょう？　人前でイチャつくのもバカップルっぽくて嫌《いや》。他の人には気づかれたくない。無関係の人にとやかく言われるのは、気分悪い。ねぇ、お願い」

彼女のお願いを断れるはずもない。

「──代わりに、ふたりだけの時は存分に恋人《こいびと》らしくしていいと」

「うん。って、え？」

俺は一歩近づく。

「ちょ、ちょっと瀬名《せな》。いきなり積極的すぎ！」

「……今なら人がいないし、恋人《こいびと》っぽいことしていいよね？」

「だ、からッ、不意打ちは禁止だってば！」

「もう限界だ」

囁《ささや》くように、現状を伝える。

「あの、待って！　わたしも興味がないわけじゃないけど！　こういうのは、いろいろと正しい手順を踏《ふ》んだ方がいいとぉ」

あたふたする有坂《ありさか》に、俺はさらに一歩近寄る。

「瀬名《せな》。わ、わたし……」

「――有坂《ありさか》、始業式はじまるぞ。早く体育館に行かないと。遅刻《ちこく》したら目立つ」

俺はさっさと教室を出る。

「瀬名《せな》って案外いじわるだよね！」と有坂《ありさか》も廊下《ろうか》に出た。

「春休みの反動。許せ」

「ちゃんと返事したのに」

「拗《す》ねるなよ。あの場でキスすればよかったのか？　おねだりだなぁ」

「発情してたのは、そっちでしょう！」

有坂《ありさか》は俺の横に並び、そのまま追《お》い抜《ぬ》こうとする。

「廊下《ろうか》は走らないように」

「わたし、脚《あし》が人より長いの」

「知ってる」

「スケベ。さてはわたしの脚《あし》ばかり見てたな」

「どちらかと言えば、別の部分かな」

「え、どこ？」

「内緒《ないしょ》。言ったら有坂《ありさか》がまた恥《は》ずかしがる」

「瀬名《せな》のエロ」

「褒《ほ》め言葉《ことば》と受け取っておこう」

俺達は競《きそ》い合《あ》うように誰《だれ》もいない廊下《ろうか》を急ぎながら体育館を目指す。

また気楽にしゃべれる状態に戻《もど》った。

だけど、もう友達じゃない。俺達は、恋人《こいびと》になった。

第二話　好きがだだ漏れ

俺の高校生活に、彼女ができた。

『——ほら、希墨《きすみ》。こっち来て……』

『ヨルカ、ダメだよ。せっかくネクタイを締《し》め直《なお》してくれたのに、もう外すなんて』

『こんなの、今は邪魔《じゃま》なだけ。わたしはもっと希墨《きすみ》を近くで感じたいの』

『でも、教室でなんて。誰《だれ》かが来たら……』

『その方が興奮するじゃない。素直《すなお》になって。我慢《がまん》は春休みだけで十分』

『……いい、のか』

『制服、わたしも脱《ぬ》いじゃうね』

『ヨルカ』

『希墨《きすみ》、いいよ』

——と、妄想《もうそう》がずっと暴走していた。おかげで告白のＯＫを貰《もら》ったあとはよく覚えていない。

校長の長い挨拶《あいさつ》が一切《いっさい》気にならないほど浮《う》かれており、いつの間にか始業式が終わって教室に戻《もど》っていた。

ホームルームでの自己紹介《じこしょうかい》もどんなことをしゃべっていたのか正直あやふや。

去年バスケ部に所属していた時に友達になった七村竜《ななむらりゅう》が適当にイジってくれたおかげで変な空気にはならなかったはずだ。

対して有坂《ありさか》は最低限名乗るだけであっさり済ませていた。

「有坂《ありさか》です。特にありません」

始業式前の俺とのやりとりなどなかったかのようなクールな振《ふ》る舞《ま》いに感心してしまう。どうやら我慢《がまん》を試《ため》されているのは俺だけらしい。

自己紹介《じこしょうかい》を終えて着席する時、彼女はちらりと俺を見た。

そのわずかな視線のやりとりに告白が成功したことを実感する。

まずい、顔が自然とにやけてしまう。

有坂《ありさか》ヨルカと一緒《いっしょ》にいる時は、稀代《きたい》の美人があたえる緊張感《きんちょうかん》に負けじと強気になれた。が、そこから解放されると頭の中は一面お花畑である。色とりどりの春真《はるま》っ盛《さか》り。

色ボケだと笑うがいい。自分でもびっくりだ。

「これは危険だな」と俺は今後のことを憂《うれ》う。

約束通り、教室では有坂《ありさか》と恋人《こいびと》ムーブをするつもりはない。俺自身も美しい恋人《こいびと》をひけらかしたいとは思わないし、むしろ秘密にしておく優越感《ゆうえつかん》もある。

だが隠《かく》しているつもりでも感情とは端々《はしばし》から漏《も》れるものだ。

気を引《ひ》き締《し》めようと思いながらも、自分の彼女をじっと観察してしまう。

「さすが、言いだしっぺ。超《ちょう》ポーカーフェイス」

有坂《ありさか》は澄《す》ました態度を崩《くず》さない。あんなに平然とされてしまうと、俺ですら付き合っていることを一瞬《いっしゅん》忘れてしまいそうになる。

試《ため》しに頬杖《ほおづえ》をつきながら、自分の頬《ほお》をつねってみる。ちゃんと痛い。現実だ。

「瀬名《せな》さん。先ほどからぼーっとしたり、ソワソワしたり集中力に欠けますよ」

教卓《きょうたく》に立つ神崎《かんざき》先生が見かねて注意する。

「そんなに変ですか？」

「しっかりしてください、今年もあなたにはクラス委員をお願いするつもりなんですから」

神崎《かんざき》先生は小さく呆《あき》れつつ「支倉《はせくら》さん、代わりに号令をかけてください」と別の生徒を指名する。

「はい。今日の瀬名《せな》くんは上の空なので、支倉《はせくら》が号令させていただきます。起立――」

支倉朝姫《はせくらあさき》の耳心地《みみごこち》のいい一声で、今日のホームルームは終わった。

「スミスミー。朝はお通夜《つや》みたいな顔してたのに、今はえらく上機嫌《じょうきげん》だね」

気だるそうに声をかけてきた女の子は、去年も同じクラスだった宮内《みやうち》ひなか。

金髪《きんぱつ》のショートヘア、耳にはピアス。ものすごく童顔だが目元はぱっちり、くりくりした瞳《ひとみ》は愛らしい小動物を思わせる。背は低めで色白痩身《いろじろそうしん》、足も棒のように細い。制服の上着ではなく、オーバーサイズのパーカーを羽織っている。パーカーはいつも片方の肩《かた》からずり落ちており、余った袖口《そでぐち》をぶんぶん振《ふ》り回《まわ》すのが癖《くせ》だ。

俺達の通う永聖《えいせい》高等学校が進学校の割に自由な校風ゆえに許されている個性的な格好だが、彼女には独特の愛嬌《あいきょう》があるためみんなから愛されていた。

ついでに親しい相手に変なあだ名をつける癖《くせ》もある。

俺は希墨《きすみ》だから、スミスミ。だから俺も、みやちーと呼ぶ。

「そうか？　別にふつうだぞ」

「全然違《ちが》うってば。神崎《かんざき》先生も、よく二年連続でスミスミをクラス委員に指名するよねぇ」

「じゃあ、みやちーが代わりにやってくれ」

「女子は朝姫《あさき》ちゃんで確定でしょー」

「俺は引き受けるとは言ってないぞ」

「去年もそう言って、結局断れなかったじゃん」とみやちーは笑う。

「俺も瀬名《せな》に一票だ。おまえがクラス委員やれば、いろいろ無理聞いてくれそうだからな」

「七村《ななむら》、俺を便利屋《べんりや》扱《あつか》いするな」

会話に加わったのはバスケ部エースの七村竜《ななむらりゅう》だった。身長一九〇センチの筋肉質がみやちーと並ぶと、巨人《きょじん》と妖精《ようせい》のような有り様だ。

「ななむー。今年は同じクラスだね。よろしくぅー」

「おう、よろしく頼《たの》むぜ。宮内《みやうち》は今日もコンパクトだな」

「ななむーが大きすぎるんだよー」

クラス一のデカい男子と小さい女子は平和な会話をする。

「ところで瀬名《せな》。教室戻《もど》ってから有坂《ありさか》ちゃん見すぎ。なんかあったのか？」

「……そんなに見てないよ」

俺は七村《ななむら》の指摘《してき》にしらばっくれる。

「嘘《うそ》つけ。ガン見だよ。目が血走ってたぞ」

「気のせい。あと寝不足《ねぶそく》なだけだ」

「じゃあギリギリまで寝《ね》とけよ。今朝はやたら早い時間から教室にいただろう」

七村《ななむら》は明るく陽気でチャラいが、部活だけは熱心にやっている。いつも朝練をみっちりしてから教室に来る。そのため俺がいつもより相当早く登校したのも把握《はあく》されていた。

「おやおや、今日のスミスミは不審《ふしん》な行動が目立ちますな、ななむー」

「これは怪《あや》しいな、宮内《みやうち》」

大小コンビは意味ありげに視線を交《か》わす。

「俺なんかに興味を持つふたりが変なんだよ」

「そりゃ、目立たず面白《おもしろ》みもないノーマルくんな瀬名《せな》を観察しても退屈《たいくつ》なのは知ってるよ。だけど今日はおかしい」

「ななむー言いすぎ。スミスミは控《ひか》えめで大人なだけ」

「要するに地味で無個性ってことだろう」

「追い打ちかけないで！」

「……好き放題言いやがって」と俺は苦笑《くしよう》しつつ、ふと有坂《ありさか》の姿が教室からすでに消えていたことに気づく。

先に帰ったのか？

いや、間違《まちが》いなく美術準備室にいる。それが有坂《ありさか》のいつもの行動パターンだ。

「ふたりとも的外れなこと言ってないで、さっさと帰れば？　俺は、もう行くぞ」とカバンを肩《かた》に担《かつ》ぐ。

「ななむー、容疑者が逃走《とうそう》を図《はか》ろうとしているよ！」

「瀬名《せな》、ネタは上がってんだ。大人しく白状しろや。ついでに自己紹介《じこしようかい》の時フォローしてやった貸しも返せ」

七村《ななむら》は巨大《きよだい》な壁《かべ》となって、俺の進路を遮《さえぎ》る。

「睡眠不足《すいみんぶそく》で頭が回ってないんだ。早く来たのも朝方まで寝《ね》つけなかっただけ」

「スミスミ。それはそれで、ちょっち心配なんだけど」

「帰ったらゆっくり寝《ね》るよ」

「宮内《みやうち》は、瀬名《せな》には甘いよなぁ」

みやちーがあっさり引き下がったことに七村《ななむら》は不満げだ。

「おまえと違《ちが》って、みやちーは下世話じゃないんだよ。借りなら今度適当に返す。じゃあな」

「おう、期待しているぜ」と七村《ななむら》はあっさりどいた。

「スミスミ、またね。おやすみー」

みやちーも長い袖《そで》をぶんぶん振《ふ》って見送ってくれた。

俺は教室を出て、まっすぐに美術準備室を目指した。

美術準備室は校舎のかなり奥まった場所にある。

ここが有坂《ありさか》ヨルカの隠《かく》れる聖域だ。

鍵《かぎ》のかけられていない扉《とびら》をそっと開ける。

やわらかな日射《ひざ》しで明るい室内はほんのりと油絵の具の匂《にお》いが漂《ただよ》う。

壁際《かべぎわ》には名画のレプリカが飾《かざ》られ、たくさん並んだ金属製の棚《たな》には生徒の作品が雑然と詰《つ》めこまれている。その数は大量で棚《たな》の上までぎっしり。俺はいつもの癖《くせ》で、落ちてこないか上の方を確認《かくにん》する。脇《わき》のテーブルの上にあるデッサン用の石膏像《せっこうぞう》はヨルカによってわざとそれぞれの目を合わせないように違《ちが》う方向に置かれていた。

そして扉側《とびらがわ》からは死角となる棚《たな》の裏のわずかなスペースが、有坂《ありさか》の定位置だ。

陽《ひ》だまりのような場所で、彼女は無防備な表情をさらして静かに寝息《ねいき》を立てていた。

「いい気なもんだな」

どこから見ても整い、破綻《はたん》のない顔は神様が人間にあたえるにはいささか贅沢《ぜいたく》すぎる造形美だ。この部屋に置いてある名画の美女たちや石膏《せっこう》の女神様《めがみさま》にだって負けていない。

この光景を拝める俺はかなりの幸せ者だろう。

俺に芸術の才能があれば、この感動を絵や音楽にして永遠に残しておきたいものだ。

そっとカバンを下ろし、黙《だま》って有坂《ありさか》の寝姿《ねすがた》を眺《なが》めていた。

いつまでも見ていられる。紳士的《しんしてき》にカッコよくそう断言したいところだがリアル男子高校生に少女漫画《しょうじょまんが》の男性キャラクターのごときスマートな立ち回りなどできない。

自分の記憶力《きおくりょく》だけでは頼《たよ》りない。俺はこらえきれずにスマホのカメラを立ち上げ、この感動を密《ひそ》かに画像に保存しようと試みる。

衣擦《きぬず》れ、気配、息遣《いきづか》いまですべてに神経を配りながら慎重《しんちょう》に構図を決めていく。

だが有坂《ありさか》は俺のやましい行動を敏感《びんかん》に察知して目を覚ました。

「……ジロジロ見ないでくれる？」

「寝《ね》たふりかよ」

「瀬名《せな》、来るの遅《おそ》い」

「友達に話しかけられてさ」

「ていうか、教室でもわたしのこと見すぎ！」

「やっぱりバレてたか。友達からも言われてさ」

「バレてたか、じゃない！　担任にも注意されてたじゃない！　誰《だれ》だって気づくわ！　こっちはすごく気を張って、表情が緩《ゆる》まないように必死だったんだから！」

「へぇ、有坂《ありさか》も努力してたのか」

「してるわよ！　でなきゃ普段通《ふだんどお》りにいかないってば！」

俺に八つ当たりするように有坂《ありさか》は、わーわーと騒《さわ》ぐ。

「ちょっと安心した。有坂《ありさか》もやっぱり嬉《うれ》しく思ってくれてるんだ」

「──そりゃ、はじめての彼氏だもの。わたしだって、少しくらい浮《う》かれるわよ」

いい響《ひび》きだ。はじめての彼氏。その言葉のすばらしさを噛《か》みしめるように、俺は天を仰《あお》いだ。

「尊い」

「いきなり目をつむって恍惚《こうこつ》とした表情にならないで。キモイ」

「恋愛《れんあい》の神様に感謝してた」

「神様より、こっちを見なさいよ」

「さっきは見すぎって怒《おこ》ってたじゃん」

「それは教室での話！　ここなら、ふたりきりでしょう」

有坂《ありさか》の意味深な言い方に、俺はゴクリと喉《のど》を鳴らす。

目と目が合う。

ふたりの距離《きょり》は近すぎず遠すぎず。手を伸《の》ばせば、すぐ触《ふ》れられる。顔だってよく見える。

穏《おだ》やかな春の日射《ひざ》しの中で、この場での最適行動を考えた。

俺の目は彼女の唇《くちびる》に奪《うば》われる。

これはあれか、キスしちゃってもいいやつなのか。いいな。いいんだな！

「瀬名《せな》？」

「有坂《ありさか》」

俺はわずかに上半身を乗り出して、彼女に近づく。

途端《とたん》、空気の変化を敏感《びんかん》に察知した有坂《ありさか》は「そうだ、瀬名《せな》！　お腹《なか》すいたでしょう！　朝食も抜《ぬ》いてたんだし、お昼ご飯を食べに行こうよ！　うん、それがいい！　それしかない！」と大急ぎで立ち上がる。

「せめて、もう少し見つめたかったんだけど」

「無理。顔から火が出る」

はぅーっと熱っぽい吐息《といき》を漏《も》らす有坂《ありさか》。

強気なくせに、軽いイチャイチャにもめちゃ弱《よわ》で初心《うぶ》な彼女。そのギャップに俺はドキっとさせられてしまう。

これはこれで非常に喜ばしいというか楽しみがいがある、みたいな。

「俺の彼女はぜんぶかわいいな」

そんな正直すぎる感想がこぼれる。

「なんか褒《ほ》められてるのに負けた気分なのは、なぜかしら」

「恋人同士《こいびとどうし》に勝ち負けがあるのか？」

「わたしの方が好きに決まってるのに、それが伝わってない気がする」

「どうすれば有坂《ありさか》の勝ちなんだ？」

「瀬名《せな》がわたし抜《ぬ》きでは生きられなくなる」

「──なんだ、俺はとっくにそうだぞ」

「ふえっ⁉」

有坂《ありさか》は素《す》っ頓狂《とんきょう》な声を上げる。俺の答えにワタワタと動揺《どうよう》する有坂《ありさか》の素直《すなお》な反応を眺《なが》めながら「もうお腹《なか》いっぱいです」と悟《さと》りを開いた気分になる。

「え？　お昼行かないの？」

勘違《かんちが》いした有坂《ありさか》は、急に不安そうにこちらを見てくる。

うちの彼女はクールなイメージがあったけど、実は感情表現が豊かみたいだ。

「もちろん行く！　有坂《ありさか》からのお誘《さそ》いだ。行かないわけがない！」

有坂《ありさか》に笑顔《えがお》が戻《もど》る。

はじめて恋人《こいびと》を自慢《じまん》したい人の気持ちを理解した。

俺の彼女はかわいいぞぉ――――――――――――――ッ、と大声で叫《さけ》びたかった。

◇◇◇

うちの生徒に見つからないように、昼食は駅から離《はな》れたファミレスに行くことにした。

まぁ男女ふたりきりで下校している時点で邪推《じゃすい》されそうな気がしなくもないが、そこは格差カップルの悲しいところ。手でも繋《つな》がない限り、俺達を恋人《こいびと》と思う者はいないだろう。

校内でも有名な美少女である有坂《ありさか》ヨルカに、なんの取《と》り柄《え》もない俺では釣《つ》り合《あ》いがとれていないのは重々承知。

だからこそ恋人関係《こいびとかんけい》を秘密にするのは容易《たやす》いはずだ。

「なぁ、有坂《ありさか》。そんなに心配なら現地集合でも」と気を遣《つか》って提案してみる。

今日は始業式だけなので正午前の今、大半の生徒はとっくに下校している。

しかし有坂《ありさか》は俺との距離《きょり》に慎重《しんちょう》すぎるほど気を配っていた。美術準備室を出た瞬間《しゅんかん》からはじまり、下駄箱《げたばこ》で靴《くつ》に履《は》き替《か》え、さも偶然《ぐうぜん》帰り道が一緒《いっしょ》になった風を装《よそお》いながら歩いている。

「嫌《いや》。ふたりで話せないのは寂《さび》しい」

これである。

かわいい星のかわいい星人かッ！

大人びた容姿の有坂《ありさか》が子どもじみた真似《まね》をしているから、余計にかわいさが際立《きわだ》った。

きょろきょろと周囲を警戒《けいかい》しながら、俺と会話できるギリギリの距離《きょり》を上手に保つ。

ファミレスはランチタイムで混む前だったので、すぐに席に着けた。

「どれ食べようかなぁ」

有坂《ありさか》がじっくり品定めをするのに対して、俺はメニューも開かず即決《そっけつ》する。

「俺はミックスグリルにライスの大盛り、ドリンクバーのセット」

「もう決まったの？」

「自分の好きなものなんて変わんないし」

「迷いがないのね」

有坂《ありさか》は真剣《しんけん》な顔つきでメニューを眺《なが》めている。

「ずいぶん悩《なや》むんだな」

有坂《ありさか》はメニューから顔をあげて、物言いたげに俺を見た。

「ファミレスってはじめて来たから、どれが美味《おい》しいかわからないのよ」

「え、マジで？」

今どき全国チェーンのファミレスを初体験する女子高校生が日本に何人存在するのだろう。

「えらい箱入《はこい》り娘《むすめ》なんだな」

「来る機会がなかったのよ。小さい時は家政婦さんが食事を用意してくれたし、今は自分で料理するのが趣味《しゅみ》だから。一緒《いっしょ》に行くような親しい友達なんていなかったし」

以前に聞いた話では、有坂《ありさか》家は都内の一等地に建つタワーマンションの最上階に住んでいる。ご両親が共働きで国内外を忙《いそが》しく飛び回っており家には滅多《めった》に帰ってこない。理系の大学生であるお姉さんはゼミの研究室に平日は寝取まりしており、普段《ふだん》は一人暮らし同然だそうだ。

「これからは俺といくらでも来れるじゃん。今日の気分で選んで、次また別なのを注文すればいいよ」

「最初って大事でしょう」

「はじめてファミレスで頼《たの》んだメニューなんて覚えてないぞ。まぁ、たぶんお子様ランチだと思うけど」

「覚えてるじゃん」

「幼稚園児《ようちえんじ》が自分からコブサラダとか和風御膳《わふうごぜん》は頼《たの》まないだろ？」

「……けど、今って瀬名《せな》とのはじめてのデート、なわけだから」

有坂《ありさか》はメニューを壁《かべ》のように前に立てて、顔を隠《かく》す。

いじらしいなぁ。キュン死しそうになる。

「このボタンはなに？」と有坂《ありさか》は誤魔化《ごまか》すように呼び出しボタンを押した。

「お呼びですか、お客様」

当然、店員さんが注文を取りにやってくる。

「えっと、その。じゃあ瀬名《せな》がわたしの分も注文して！」と慌《あわ》てた彼女は俺に丸投げした。

「ミックスグリルにライス大盛り、彼女には魚介《ぎょかい》のトマトパスタ。ドリンクバーをふたり分。あとフライドポテトもお願いします。有坂《ありさか》、これでいいか？」

「大丈夫《だいじょうぶ》」

　オーダーを受けた店員は注文を復唱して確認《かくにん》すると端末《たんまつ》を閉じて、「ドリンクバーはあちらからご利用ください」とフロアに戻《もど》っていく。

「ねぇ、なんですぐに注文決まったの。どうして魚介《ぎょかい》のトマトパスタ？」

「俺が他に食べたいものを頼《たの》んだ。食べたくなければ俺の料理と交換《こうかん》すればいいし、肉と魚介《ぎょかい》系《けい》なら被《かぶ》らないだろ？　魚介《ぎょかい》アレルギーは持ってないもんな。フライドポテトはふたりでつまむ用」

「……瀬名《せな》って無茶ぶりされてもやる時はやるよね」

「最後にデザートも食べる？」

「その提案にも賛成」

「そりゃよかった」

「そうだ、違《ちが》うもの頼《たの》んでシェアしない？」

「いいよ」

「じゃあ決定！」

有坂《ありさか》はまた楽しげにメニューを眺《なが》め、そんな彼女を俺もしばし眺《なが》めた。

「……瀬名《せな》。わたしばかり見てて楽しい？」

「楽しいよ」

「視線が気になる」

「じゃあ、デザートで悩《なや》んでいる間に俺はドリンクでも持ってくるか。希望ある？」

「待って。わたしも一緒《いっしょ》に行く」

ふたりでドリンクバーのコーナーに行き、有坂《ありさか》はドリンクサーバーの操作でまた盛り上がる。

「これ、面白《おもしろ》い。いろんな種類あるし、しかも飲み放題なんて」と子どものように目を輝《かがや》かせる。確かに俺も小さい頃《ころ》は、ドリンクを注ぐ行為《こうい》自体を面白《おもしろ》がっていたな。

今さらながら初デートはもっとガチガチに緊張《きんちょう》すると思っていた。

しかし勝手知ったる行動圏内《こうどうけんない》のファミレス。有坂《ありさか》が予想外に楽しんでくれたから俺も必要以上にぎこちなくならずに済んだ。やっぱり女性の笑顔《えがお》は偉大《いだい》だね。回数を重ねればトラブルもサプライズとして楽しめるが、やはり最初は不安要素の少ない状況《じょうきょう》でデートしたい。

ひそかに軽い安堵《あんど》を覚えながら俺はのどを潤《うるお》す。

飲み物を手にテーブルに戻《もど》り、しばらくすると料理が運ばれてきた。

「いただきます」と彼女は魚介《ぎょかい》のトマトパスタを前に手を合わせる。

こういうさりげない育ちのよさを、俺は素敵《すてき》だと思う。

食べなれた料理も有坂《ありさか》と一緒《いっしょ》だと、いつもより遥《はる》かに美味《おい》しく感じた。

食後のデザートを味わいながら、俺には最後にもうひとつやるべきことがあった。

「有坂《ありさか》」

「急にシリアス顔。どうしたの？」

有坂《ありさか》はパフェを長いスプーンで食べている手を律儀《りちぎ》に止めた。

「俺達には、まだやるべき大事なステップが残っている」

「初デートで、楽しく食事もした。これ以上望むことがあるの？」

「むしろ大抵《たいてい》の男女は、付き合う前に済ませていることだ」

「え。すごく大事なことじゃない」

「あぁ。俺達がお互《たが》い春休みを悶々《もんもん》としたのも、これを済ませていないのが原因だ」

「一体どんなこと？」

「男女間の仲を一層深める上で絶対に欠かせない親密な交流だ。極論、これがなくなった恋人《こいびと》達《たち》は別れると言っても過言ではないッ！」

俺は思わず力説してしまう。

「仲を深める、親密な、交流。なくなったら別れる……それってもしかして――」

ヨルカは大きく息をのむ。どうやら察してくれたらしい。

「でも付き合う前から、するって……ふつうはそうなの⁉　それが当たり前なの⁉」

「むしろ、なぜ俺達はしなかったのか不思議なくらいだ」

「嘘《うそ》でしょうッ。順序、間違《まち》ってない？　ちゃんと段階を踏《ふ》んでから、その、最後にする、ことじゃないの？　みんなそんなあっさり割り切って、しちゃう、の？」

なんだか必要以上に動揺《どうよう》している有坂《ありさか》は、見る見るうちに顔を真っ赤にしていく。

「俺は今すぐにでもしたい！」

「ファミレスでなにバカなこと口走ってんのよ⁉」

俺の決意表明を遥《はる》かに上回る大声で、有坂《ありさか》が叫《さけ》ぶ。

店内の視線が俺達のテーブルに集まる。有坂《ありさか》は借りてきた猫《ねこ》のように急に縮こまった。

「そんな、無茶苦茶なこと言ってるつもりはないんだけど……」

有坂《ありさか》の過敏《かびん》な反応に今度は俺が戸惑《とまど》う番だった。

「……瀬名《せな》はさ、去年からずっとしたかったの？　たとえば美術準備室に来てた時もいつもそんなこと考えてた？」

「そりゃタイミングがあれば、とは思ってた」

「身の危険を感じる」

「………有坂《ありさか》。もしかして、とんでもなく先走ったこと考えてるだろ⁉」

「ケダモノが言い訳しないで」

美少女に物凄《ものすご》く身構えられて、俺は彼女の勘違《かんちが》いに得心がいく。

「俺がしたいのは——連絡先《れんらくさき》の交換《こうかん》だ」

「……今までなんで交換《こうかん》してなかったのかしら？」

俺の彼女は真顔で質問する。まるで何事もなかったように通常会話に復帰した。先ほどの勘《かん》違《ちが》いには触《ふ》れるなというオーラが凄《すご》い。

「有坂《ありさか》が、ずっと友達いりませんって態度だったからだろう」

入学時から潔《いさぎよ》いほどに彼女は誰《だれ》とも連絡先《れんらくさき》を交換《こうかん》しなかった。クラスのグループラインにも登録していない。なにせ去年は必要とあれば、俺が口頭で連絡事項《れんらくじこう》を伝えていたくらいだ。

「だって、やりとりすることもやりとりしたい相手も特にいないし」

「じゃあラインはインストールはされてるんだな」

「家族としか、やりとりしてないけど」

「そこに恋人《こいびと》を追加するのはいかがでしょう」

俺はあらためて告げる。

これまでの流れであっさり「いいよ」と返事がくると思いきや、有坂《ありさか》は急に黙《だま》りこむ。

澄《す》ました顔で、じっとこちらの目を見つめるだけだ。

「ダメなの？」

俺は沈黙《ちんもく》に耐《た》え切《き》れなくなり、恐《おそ》る恐《おそ》る確認《かくにん》する。

「もちろん、いいわよ」と有坂《ありさか》はニコリと微笑《ほほえ》む。

「……有坂《ありさか》の意地悪は、心臓に悪い」

俺はテーブルの端《はし》に額を預け、深々とため息をつく。

「そんな動揺《どうよう》すること？」

「冗談《じょうだん》を言う時はもう少しわかりやすく頼《たの》む。マジっぽすぎて受け流せない」

美人の真顔には隙《すき》がない。

「今日は瀬名《せな》に主導権を握《にぎ》られっぱなしだから、わたしも少しは驚《おどろ》かせたくて」

俺の彼女は無邪気《むじゃき》にそんなことを言う。

「ファミレスのエスコート程度で大げさな」

「恋人《こいびと》がしててくれるなら、どんなことでも嬉《うれ》しいものよ」

こうして約一年かけて、俺達はようやく連絡先《れんらくさき》を交換《こうかん》することができた。

第三話 恋人になる前の前と後

「ようやく、手に入れた」

スマホの画面に表示された有坂《ありさか》ヨルカの名前。

俺は一年越《いちねんご》しに彼女の連絡先《れんらくさき》を入手した。

「長かったぁ……」

俺はベッドの上に倒《たお》れこみ、嬉《うれ》し泣《な》きしそうになった。

自室でのリラックスタイム。俺は本日何度目ともわからない達成感に浸《ひた》り、また表情を緩《ゆる》めた。有坂《ありさか》を駅まで送ってからの帰り道はずっとこんな調子だった。夕食の会話も上の空で、妹から「きすみくん、にやけすぎ」と不審《ふしん》がられた。

「いよいよ恋人《こいびと》っぽくなってきたなぁ」

幸先《さいさき》のいい初日である。

一緒《いっしょ》に下校、ファミレスで楽しい時間をすごす高校生らしい制服デート。青春だね。

「……さて。なんて送ろうか」

そんな俺はメッセージを打ちこんでは消し、打ちこんでは消しを一時間くらい繰《く》り返《かえ》していた。

勢いまかせにスタンプのひとつでもさっさと送っておけばよかった。

下手なことを書いて今日の余韻《よいん》を台無しにはできないというプレッシャーで、いまだに最初のメッセージを送れていない。

名文の浮《う》かばない煮詰《につ》まった頭を休ませようとスマホを枕元《まくらもと》に置く。

「まさか有坂《ありさか》と付き合えるとはなぁ……」

天井《てんじょう》を眺《なが》めながら、俺はふと有坂《ありさか》ヨルカとの長いなれそめを思い返す。

◇◇◇

有坂《ありさか》ヨルカは入学時点で、すでに学校中の噂《うわさ》になっていた。

ものすごい美人が入試で最高得点をたたき出し、入学式での新入生総代の挨拶《あいさつ》を断った。入学後のテストも学年一位から陥落《かんらく》したことがない。

そして、このミステリアスな美少女はとにかく人嫌《ひとぎら》いだった。

授業こそ出席するが、それ以外の個人的な交友関係は一切《いっさい》もたない。

昼休みには必ず教室から姿を消し、どこに行っているかは誰《だれ》も知らなかった。

——美しき孤高《ここう》の優等生は友達をつくらず・求めず・寄せつけず。

常に沈黙《ちんもく》を鎧《よろい》として、群れることをせず、笑った顔を見たことがない。

その神々《こうごう》しい静けさを乱そうとする輩《やから》には容赦《ようしゃ》なき天罰《てんばつ》が下る。

たまに休み時間に在席していると、クラス・学年を問わず誰《だれ》かに告白されていた。

器用なことに有坂《ありさか》は自分の言葉で断ったりはしない。

第一に話しかけられても目も合わせず、まったく聞こえないふりをする。まるで完全なる無のように扱《あつか》われるため、七割がここで脱落《だつらく》。独り言を装《よそお》い、有坂《ありさか》から離《はな》れていく。

しつこい二割は鬱陶《うっとう》しい身振《みぶ》り手振《てぶ》りで強引《ごういん》に彼女に意識を向けさせる。だが彼女の冷たい眼差《まなざ》しと美貌《びぼう》に気圧《けお》されて、言葉を尻《しり》すぼみさせながら去っていく。

最後の一割はそれでも怯《ひる》まず、とにかく一方的に自分の気持ちをしゃべる。果たして告白と呼んでいいのかわからない迷惑極《めいわくきわ》まりないテロ行為《こうい》に対して、有坂《ありさか》は一言で息の根を止める。

『邪魔《じゃま》』

その誰《だれ》に対しても一貫《いっかん》した態度は学校中に広まり、去年のゴールデンウィークが明けた頃《ころ》には有坂《ありさか》に告白をする愚《おろ》か者《もの》は完全に途絶《とだ》えた。

外見、知力、無関心の三冠王《さんかんおう》を誇《ほこ》る彼女にはクラスメイトも近づかなくなった。

みんな仲良く、を真に受けるほど高校生は子どもではない。お互《たが》いにとって良好な距離《きょり》感《かん》を探しながら人間関係を選ぶのは、むしろ社会性が育まれている証拠《しょうこ》だろう。

かくして有坂《ありさか》ヨルカという美少女は周りから眺《なが》めるだけのアンタッチャブルな存在となって

いった。

当の有坂《ありさか》本人も望んでいるスタンスであり、こちらから無闇《むやみ》に手を出さなければ問題もない。

だが、生徒を預かる学校側がそれを放置しようとはしなかった。

有坂《ありさか》は沈黙《ちんもく》と無関心を尊ぶ。

授業中など先生から指されない限り、自分から発言するのを見たことがない。その意思表明の異様な少なさを気がかりに思った担任・神崎紫鶴《かんざきしづる》は、有坂《ありさか》との橋渡《はしわた》し役《やく》を設けることにした。

その白羽の矢を立てられたのが、俺こと瀬名希墨《せなきすみ》である。

理由は単純。

俺が有坂《ありさか》と同じクラスで、クラス委員をやっていたからだ。

「有坂《ありさか》さんは他人との関係構築を極端《きよくたん》に避《さ》けています」

「人付き合いが超絶《ちようぜつ》苦手そうですね」

「苦手、というより嫌《きら》いなだけのようです。なので瀬名《せな》さんが親しくなってください」

この美人教師はいつも唐突《とうとつ》に無理難題を課してくる。

「――神崎《かんざき》先生、いきなり話が飛躍《ひやく》しすぎです」

「瀬名《せな》さんならできます」

麗《うるわ》しい女教師はできるの一点張り。

「他の人達がいくら話しかけても全部ダメだったんですよ。有坂《ありさか》みたいな特別な子にふつうを押しつけるのはどうかと。昼休みなんて必ず教室から消えますし」

俺は率直《そっちょく》な意見を述べて、このミッションインポッシブルをなんとか回避《かいひ》しようとした。

「有坂《ありさか》さんなら美術準備室にいますよ。瀬名《せな》さん、行ってください」

神崎《かんざき》先生は、なぜか居場所を知っていた。

「こういうデリケートな問題は同性の子の方がいいのでは？　男の俺だと余計警戒《けいかい》されますよ」

俺はそれらしい理由で再度やんわり断ろうとしたが、拒否権《きょひけん》は端《はな》からなかった。

「とにかく一度、美術準備室に行ってみてください。話はそれからです」

神崎《かんざき》先生のゴリ押しに負けて、俺は仕方なく有坂《ありさか》が潜《ひそ》んでいる美術準備室へ行ってみた。


「邪魔《じゃま》。帰って。消えて」

もちろん、あの有坂《ありさか》が部外者を歓迎《かんげい》するはずもない。

先制攻撃《せんせいこうげき》とばかりに三連続の拒絶《きょぜつ》ワードで畳《たた》みかけてくる。

扉《とびら》の奥から様子をうかがう有坂《ありさか》は警戒心《けいかいしん》の塊《かたまり》。メチャクチャ不機嫌《ふきげん》。敵意マックス。

こちらを油断なく観察し、その鋭《するど》い視線だけで追《お》い払《はら》おうとする。本来ならば彼女の目力に気圧《けお》されて、すごすごと退散するところだ。

が、初手無言で押し切るはずの有坂《ありさか》が、ふつうに声を発したことに俺は意表をつかれた。

「……瀬名《せな》くん。なんで、ここがわかったの？」

扉《とびら》の前に留《とど》まっている俺を有坂《ありさか》はとびきりに不審《ふしん》がる。

「あ、俺の名前知ってるんだ？」

「クラス委員でしょう。いいから答えて」

詰問調《きつもんちょう》の有坂《ありさか》は密告犯に心当たりがある様子だった。

「神崎《かんざき》先生に教えてもらった」と俺も馬鹿《ばか》正直《しょうじき》に答える。変に隠《かく》し立《だ》てして、これ以上有坂《ありさか》の機嫌《きげん》を損《そこ》ねたくなかった。

「あの担任ッ！　他の人には話してないわよね？」

「言ってない」

「そのまま一生誰《だれ》にも言わないで。じゃあ、さようなら。二度と来ないで」

彼女は自分のテリトリーに誰《だれ》も入れまいと固く決意しているように言い放った。

「有坂《ありさか》って別にコミュ障なわけじゃないんだな」

「どういう意味？」

「ふつうに会話できてるからさ。教室だといつも無言じゃん」

「会話する価値のある相手がいないの」

「そうか。はやく見つかるといいな」

「大きなお世話」

「というわけで練習台に俺はどうだ？」

一応、与《あた》えられた役目を果たすべく申し出てみる。

「どういう理屈《りくつ》よ。時間の無駄《むだ》」

「悪いが担任から頼《たの》まれたクラス委員の仕事なんだ。我慢《がまん》してくれ」

「教師の犬！」

「ひでえ言い草」と、あまりに清々《すがすが》しい言われように俺は苦笑《くしょう》する。

「暴言を浴びたくないならここから消えて」

「暴言の自覚はあるんだな」

「悪い？」

「いやさ、これは今気づいたことなんだけど、俺達、けっこう会話してるよね？」

俺の知る限り、一度に有坂《ありさか》とこれだけ長く会話した生徒は見たことがない。

ちょっとした新記録ではなかろうか。

「知らないッ！」と有坂《ありさか》は勢いよく扉《とびら》を閉めた。

これが俺と有坂《ありさか》の第三種接近遭遇《せっきんそうぐう》である。

美術準備室に向かうまで気が重たかったが、いざ会ってみるとむしろ晴れやかな心地《ここち》と手応えを覚えていた。なんだ、話してみたら意外と面白《おもしろ》いじゃん。

そんな風に最初は恋心《こいごころ》の「こ」の字もなく、俺はただの好奇心《こうきしん》から暇《ひま》を見ては美術準備室に足を運ぶようになったのだった。


「しつこい！　帰れ！」

有坂《ありさか》は、毎度のように刺々《とげとげ》しい態度と暴言で俺を追い返そうとした。

よっぽど美術準備室でのひとりの時間が大事なのだろう。傍《はた》から見れば毎日振《ふ》られるようなものだ。ありがたいことに校舎の端《はし》にあるおかげで、俺と有坂《ありさか》のやりとりが他人の目に触《ふ》れることはなかった。

しばらくは扉《とびら》の前での立ち話ばかり。

「瀬名《せな》くん、諦《あきら》めるって言葉知ってる？」

「有坂《ありさか》が思ってるより、有坂《ありさか》の暴言を楽しめてるからな」

「ドMなの？」

心底ドン引きしたような表情でこちらを蔑《さげす》むように見下す。

「雑談しかしてないのに性癖《せいへき》まで見抜《みぬ》けるのか!?　有坂《ありさか》すげえな！」

「どうしてそうなるのよ！」

「まぁまぁ。今日は食堂が死ぬほど混んでたから、ここで昼食とらせてくれよ」

「嫌《いや》よ」

俺がふざけると、彼女は大真面目に怒《おこ》ってくる。他の相手なら無視するはずなのに、俺にはいちいち反応するのが不思議だった。やはり自分の秘密基地を知られて不安なのだろう。

俺はといえば、ただ単に有坂《ありさか》との遠慮《えんりょ》のないやりとりを面白《おもしろ》がっていただけだ。なにせ高嶺《たかね》の花すぎて恋愛対象《れんあいたいしょう》として意識することもない。だから緊張《きんちょう》こそあれど気負うことなく話せた。

「……ってあなた口元、怪我《けが》でもしたの？」

怒《おこ》っているくせに有坂《ありさか》は目敏《めざと》く気づく。普段《ふだん》から他人に興味なさそうなのに目端《めはし》が利《き》くのだから油断ならない。

「ちょっとよそ見して、ぶつけちゃって」と俺は適当に誤魔化《ごまか》した。

「ドジね。ここに来たのもうっかりなんじゃない？　だから大人しく帰って」

「別に楽しくおしゃべりしようとは言わないって。横で黙《だま》って食べるから」

「鬱陶《うっとう》しい。他にいくらでも食べるところあるでしょう？」

「まぁまぁ。たまには他人と一緒の昼食で、有坂《ありさか》も気分変わるかも」

「あなたのせいで絶賛気分が悪いわ」

「そいつは大変だ。保健室で休んだ方がいい。安心しろ、ここの留守番は俺がしておく」

「帰れって言ってるでしょう！」

俺へのフラストレーションが溜《た》まっていたのだろう。脅《おど》すように有坂《ありさか》は油絵の突《つ》っこまれた棚《たな》を力まかせに叩《たた》いた。

ぐらりと、棚《たな》の一番上に重ねられていた油絵が崩《くず》れるのに気づく。

それは彼女の頭上に落ちようとしていた。

「有坂《ありさか》！」

俺は昼食のパンを放り出し、美術準備室へ踏《ふ》みこむ。彼女を守るように咄嗟《とっさ》に覆《おお》いかぶさった。油絵のキャンバスの角がガツンガツンと俺の上に降り注ぐ。

「痛ッ⁉」

木枠《きわく》が硬《かた》い。背中に肩《かた》や腕《うで》、後頭部を襲《おそ》った痛みで反射的に全身に力がこもる。

すなわち庇《かば》った有坂《ありさか》を思いっきり抱《だ》きしめてしまった。

「――――っ」

耳元で彼女の息をのむ音がした。

が、痛みをこらえているせいで状況《じょうきょう》を理解できていなかった。そのままバランスを崩《くず》して、折り重なるように床《ゆか》に倒《たお》れこんだ。

目を開けると、有坂《ありさか》の顔が目の前にあった。

「不法侵入《ふほうしんにゅう》。セクハラ。婦女暴行」

俺の下で彼女は涙《なみだ》を浮《う》かべて、身を硬《かた》くしていた。

有坂《ありさか》からすぐに離《はな》れたが痛みでよろけてしまった。落下してきた油絵によるダメージに加えて倒《たお》れた拍子《ひょうし》に肘《ひじ》や膝《ひざ》もモロに打って、上手《うま》く立てない。全身が超痛《ちょういた》くて泣きそうだった。

「すまん」

とりあえず先に謝罪だけはしておく。

視線を逸《そ》らすように床《ゆか》を見れば、俺の昼食だったパンが油絵の下敷《したじ》きになって無残に潰《つぶ》れている。

まだ悶絶《もんぜつ》するほどに痛く、食欲も消《き》え失《う》せていた。

あとには気まずい空気だけが残る。

有坂《ありさか》はゆっくりと立ち上がり、じっとこちらを見下ろした。

「よかったわね、ここが校舎の端《はし》で。わたしが悲鳴を上げても誰《だれ》にも届かないもの」

「悪い、調子乗った。自業自得《じごうじとく》だ」

「まったくよ。後片づけしないといけないじゃない」

「俺が、やるから」

「どっちにしても、しばらく動けないでしょう？」

俺は床《ゆか》に座りこんだまま、痛みが引くまで壁《かべ》にもたれかかっていた。

「……ごもっともで。そっちは怪我《けが》とかない？」

「お尻《しり》打った。痛い。わたしが騒《さわ》げば、あなたの顔を二度と見なくてすむかしら」

生殺与奪《せいさつよだつ》を他人に握《にぎ》られちゃう恐怖《きょうふ》に俺は震《ふる》える。

俺の高校時代を地獄《じごく》へ突《つ》き落《お》とさんとする恐《おそ》ろしい脅《おど》しを口にしながら、有坂《ありさか》はスカートの上から自分の大きめなお尻《しり》をさする。いや、下手すりゃ退学か。勘弁《かんべん》してくれ。

「これみよがしに男の前で、尻《しり》を撫《な》でまわすのはどうかと？」

いつも完璧《かんぺき》を装《よそお》っているのに迂闊《うかつ》すぎやしないだろうか。

「きっちり見てんじゃないわよ！」

ダンッ！　といきなり有坂《ありさか》の長い脚《あし》が俺の顔のすぐ横に伸《の》びてきた。

驚《おどろ》くほど鋭《するど》い蹴《け》りによる壁《かべ》ドン。

俺は息を詰《つ》まらせ固まる。

「こ、殺す気か——」と我に返った瞬間《しゅんかん》、俺の目の前の景色の正体に気づく。

目に飛びこんできたのは彼女の下着だった。

派手に脚《あし》を上げたせいで露《あら》わになってしまったスカートの中身をモロに直視。

凝《こ》ったレースのセクシーなデザイン、色も真っ赤だ。

俺は慌《あわ》てて顔を背《そむ》ける。それでも目に焼きついた光景が生々しく残った。

「……天国と地獄《じごく》だ」

俺はボソリと呟《つぶや》く。

「この状況《じょうきょう》で、天国を感じられるなんてお気楽な脳ミソね」

滅茶苦茶《めちゃくちゃ》キレてる有坂《ありさか》は、自分の大胆《だいたん》な行いにまだ気づいていない。

「主席合格様の頭脳には遠く及《およ》びませんので……早く脚《あし》をどけてもらえます？　お願いだから」

「天国が遠ざかるんじゃない？」

「おまえは痴女《ちじょ》かッ！　パンツ丸見えだから！」

「——え、ひゃあッ⁉」

現状に気づいた有坂《ありさか》は慌《あわ》てて脚《あし》を引いて、スカートの裾《すそ》を押さえる。そのまま窓際《まどぎわ》まで一気に後退した。顔はりんごのように真っ赤である。

「みみみっ、見たの？」

「忘れるように努力する」

「見たんじゃない！」

「じゃあ、もっと目立たないやつにしろよ！　セクシーすぎるぞ！」

「かわいいから穿《は》いてるのよ！　男に下着の好みをとやかく言われる筋合いはないわ」

「た、確かに」と俺は論破されてしまう。

目が合い、ふたりとも沈黙《ちんもく》してしまう。変な動悸《どうき》がいまだにしている。有坂《ありさか》も己《おのれ》の迂闊《うかつ》さをたっぷり後悔《こうかい》している様子だ。

空気のぎこちなさが増していく。俺は痛みをこらえて立ち上がる。

「とりあえず、ちゃんと片づけるから」

「……その前に保健室行った方がいいんじゃない？」

「じゃあ放課後、片づける」

俺は散らばった絵を拾って、壁際《かべぎわ》に立てかけておく。まだ絵を持って、棚《たな》の上まで腕《うで》を伸《の》ばすのはしんどい。かといってこの場を放置して美術準備室を去るのも申し訳ない。

「別に来なくていいから」

有坂《ありさか》は、出ていく俺の背中にそう声をかけた。


その日の放課後。俺は宣言通り、再び美術準備室を訪《おとず》れた。

「呆《あき》れた。ほんとうに来るなんて」

有坂《ありさか》はまだ学校に残っていた。油絵も俺が立てかけたままだ。

「男に二言はない。責任はとる」

俺は絵を棚《たな》の上に積み上げていく。

「瀬名《せな》くんってずいぶんと健《すこ》やかな子よね」

「その道徳の教科書みたいな表現はなんだ？」

「真面目ってこと。しつこすぎるくらいに」

呆《あき》れる彼女は手伝う素振《そぶ》りさえ見せない。定位置の椅子《いす》に座ったまま動かない。

「有坂《ありさか》がもうちょっと柔軟《じゅうなん》に人間関係をこなしてくれたら、俺がここに来ることもなかったのに。神崎《かんざき》先生が強引《ごういん》なのはよく知ってるだろ？」

「あの教師の話はよして」

「……なんで、そんなに苦手なんだ？」

有坂《ありさか》は他の科目の先生に対しては無反応だが、神崎《かんざき》先生だけには感情の片鱗《へんりん》を覗《のぞ》かせた。

「入学前から、あなたと同じレベルでやたらと世話を焼いてくるのよ。入学式の新入生総代を断ったせいで、目をつけられたのかも。あー鬱陶《うっとう》しい！」

俺の知らないところで有坂《ありさか》と神崎《かんざき》先生の間に、そんな嫌《いや》がるほどのやりとりがあったとは。

有坂《ありさか》の文句はさらに加速する。

「授業だって出席してるし、テストで学年一位なら文句ないでしょ。高校生にもなって教師が無闇《むやみ》に干渉《かんしょう》すんな。いちいちカウンセリングの名目で呼び出すし。教室にいるのが苦痛だって言えば美術準備室を使えって……」

「それだけ有坂《ありさか》を心配してるんだろう」

だから神崎《かんざき》先生は有坂《ありさか》の居場所を知ってたわけね。

「そしたら次はスケベ男を送りこんでくるし。一体どういうつもりよ！」

「その称号《しょうごう》は待て！　あれは事故だし、すべての男子はおおむねスケベだ！」

「開き直るな！」

「ただの事実だ」

わずかなにらみ合いの末、有坂《ありさか》は盛大《せいだい》にため息をついた。

「ほんと、瀬名《せな》くんみたいな目立たないタイプが羨《うらや》ましい」

「それは嫌《いや》みか？」

「半分はね。残り半分は本音」

言い返せないのが悔《くや》しい。

「世の中、目立ちたいのに目立てない人が大勢いるのに贅沢《ぜいたく》な話だ」

「わたしは目立つのが嫌《いや》なの！　みんな、わたしを放っておいてくれればいいのに！　誰《だれ》にも関心なんてもたれたくない！」

有坂《ありさか》は切実な叫《さけ》びを上げたあと、どこか諦《あきら》めた様子で顔を伏《ふ》せた。

「ごめんなさい。忘れ――」

「有坂《ありさか》。忘れるから、ぜんぶ話せ」

俺は自然とそう伝えていた。

「瀬名《せな》くんに愚痴《ぐち》ってても仕方ないでしょう。バカみたい」

「愚痴《ぐち》でも不満でも構わないさ。安心しろ、仮に俺が言いふらしても誰《だれ》も信じないから」

「――あなたは、そういう人じゃない」

有坂《ありさか》ヨルカははっきり断言した。

「クラス委員って役職、案外信用されるもんなのね」と俺は照れているのを誤魔化《ごまか》す。

有坂《ありさか》はほんの少しだけ迷ってから、席を立った。

「コーヒー、淹《い》れる。瀬名《せな》くんも飲む？」

美術準備室の奥には有坂《ありさか》が持ちこんだ品々が隠《かく》されていた。テレビにゲーム機、本。冷蔵庫まで完備されている。

電気ケトルでお湯を沸《わ》かし、ふたり分のコーヒーを淹《い》れてくれた。インスタントではなく、ちゃんとドリップするやつだ。有坂《ありさか》は甘党らしくたっぷりのミルクと砂糖を入れていた。

そのギャップがなんだかかわいくて、おかしかった。

「瀬名《せな》くん、ミルクと砂糖は？」

「ブラックで大丈夫《だいじょうぶ》」

油絵をすべて棚《たな》に戻《もど》し終《お》えた俺はマグカップを受け取る。

正直コーヒーの味の違《ちが》いなんてわからないが、香《かお》りはとてもよかった。

窓から差しこむ光は緩《ゆる》やかに夕暮れの気配を帯びてきている。

そして、有坂《ありさか》ヨルカは静かに語り出した。

「他人に見られるって、なにか期待されてるみたいで恐《こわ》いの。わたし自身が特別なことをしているわけじゃない。こういう容姿に生まれて、好き勝手にジロジロ見られる。勉強も同じ授業を受けて、たまたまテストの点が一番だっただけ。これが、わたしのふつう。選んだわけでも、望んだわけでもない」

俺は頷《うなず》く。確かに有坂《ありさか》のような美少女を無視するのは難しい。

「他人が期待する有坂《ありさか》ヨルカとほんとうの自分は違《ちが》う。そのギャップが苦しいのか」

「そんな感じ。わたしは、周りが思うほどすごい人間じゃない。評価されたいと思うほどのなにかを持っているわけでもない」

あぁ、この子こそ真面目で慎重《しんちょう》で繊細《せんさい》なのだ。

うわべの自分ではなく、自分が好きな自分を正しく見てもらいたい。だけど――

「……有坂《ありさか》は自分の欲がわからないんだ」

ポツリ、と俺は漏《も》らす。

「そう、なの？」

「人並み以上が自分にとっても他人にとっても当たり前――そういう結果を出し続けるうちに、日常のあらゆることがプレッシャーになっていった。そのくせ有坂《ありさか》自身は何事も手応えが軽くて楽しくない。だから心のバランスがとりづらくなってる」

俺の中に浮《う》かび上《あ》がる有坂《ありさか》ヨルカという女の子の輪郭《りんかく》を、言葉にしていく。

「わたしって夢中になれるものがない、ずいぶん寂《さび》しい人間なのね」

有坂《ありさか》の悲しげな目は、手元のマグカップを見つめている。

「俺は有坂《ありさか》のこと、カッコイイと思うよ」

果たしてクラスメイトの女の子を褒《ほ》めるのに、カッコイイが適切なのかはわからない。

でも、偽《いつわ》らざる俺の本音だ。

「お世辞を言っても、コーヒー以外は出てこないよ」

「周りの価値観に流されないって心が強くなきゃできない。それはマジで尊敬する。有坂《ありさか》は、いくらでも調子に乗って偉《えら》そうにできるのに、自分が満たされるものを本気で探している」

俺が惹《ひ》かれているのは外見の美しさ以上に、彼女の内面の魅力だ。

「自分が、満たされるもの……」

有坂《ありさか》は俺の言葉をゆっくりと繰《く》り返《かえ》す。

「いつか見つかるといいな」

「ま、まったく。瀬名《せな》くん相手だと、なんでこう無駄話《むだばなし》ばかりしてしまうのかしら」

有坂《ありさか》は急に怒《おこ》り出《だ》した。

「なに怒《おこ》っているんだよ。俺、そんな的外れなこと言ったか？」

「あなたが原因なのは間違《まちが》いない」

「まぁまぁ。俺みたいな男に本気になるなって」

「は？　本気？　ぜんぜん違《ちが》うんですけど」と有坂《ありさか》は鼻で笑う。

「キレて自分からパンツ見せてきたじゃん。おかげで昼飯を食《た》べ損《そこ》ねた」

「あ、あれは事故で……もう！　わたしのペースを乱さないで。あなたほんと嫌《きら》い！」

その日、俺達の無駄話《むだばなし》は終わらなかった。

有坂《ありさか》は不思議なことに、怒《おこ》りながらもコーヒーのお代わりにマドレーヌを添《そ》えてくれた。

そうやって本格的な夏が来て、俺は所属していたバスケットボール部を正式に辞《や》め、放課後もほぼ毎日のように美術準備室に足を向けるようになる。

いつしか有坂《ありさか》も俺が来ること自体には文句を言わなくなった。

◇◇◇

有坂《ありさか》とのなれそめを思い返していたら、そのまま眠《ねむ》ってしまったらしい。

俺を起こしたのはスマホの着信音だった。

メッセージの送り主は、誰《だれ》あろう有坂《ありさか》ヨルカだった。

「なんだと⁉」

眠気《ねむけ》が一瞬《いっしゅん》で吹《ふ》き飛《と》び、ベッドから身体《からだ》を起こす。

こっちが悩《なや》んでいるうちに、まさか向こうから連絡《れんらく》が来るとは思わなかった。

俺はそっと画面をタップして、メッセージを開く。

ヨルカ：一言くらい送ってきなさいよ。

「まさかの催促《さいそく》ッ⁉」

意外だ。こっちがいくら送っても既読無視《きどくむし》になればマシくらいに考えていた。

ヨルカ：もしかして連絡先交換《れんらくさきこうかん》、失敗した？
なんて返そうかと慌《あわ》てていると、さらに二通目が飛んでくる。
メッセージの文面から彼女が心配しているのがわかった。
「しつこいと怒《おこ》るくせに、なにも反応がないと不安がるんだよなぁ」
希墨《きすみ》：大丈夫《だいじょうぶ》。ちゃんと届いてる。
あんなに悩《なや》んでいたのが馬鹿《ばか》らしくなるくらいに、俺はあっさりメッセージを送ることができた。
彼女からの返事がすぐに届く。
ヨルカ：時間かかりすぎ。
希墨《きすみ》：さびしかった？
ヨルカ：そっちがでしょう。
希墨《きすみ》：バレた。恋人《こいびと》からの連絡《れんらく》なら大歓迎《だいかんげい》だ。
ヨルカ：……テンション高い。
希墨《きすみ》：指がはしゃいでるだけ（笑）
ヨルカ：落ち着け。
希墨《きすみ》：いつでもライン待ってます！
ヨルカ：そっちが送れ。
希墨《きすみ》：夜ふかしすることになるぞ。

ヨルカ：……暇《ひま》な時なら、付き合ってやらなくもない。

ラインだと有坂《ありさか》は割と素直《すなお》だ。テンポよく返事がくるのは、それだけ楽しんでいるということだろう。

去年、美術準備室ではじめて話した頃《ころ》に比べれば、俺達の関係性も信じられないほど発展したものだ。一年前は、まさか有坂《ありさか》と付き合うとは思わなかった。

俺は画面の向こう側にいる彼女を想像しながら、ふと窓の外を見上げる。雲ひとつない夜空、東京では目を凝《こ》らさなければ星の一粒《ひとつぶ》もよく見えない。

だけど月だけは冴《さ》え冴《ざ》えと光っていた。

希墨《きすみ》：恋人《こいびと》にとっては小さな一歩だが、瀬名希墨《せなきすみ》にとっては大きな一歩だ。

ヨルカ：なんでニール・アームストロング？

さすが、有坂《ありさか》。人類で最初に月面に降り立った宇宙飛行士の名前も知っていた。

希墨《きすみ》：月が綺麗《きれい》ですね。

ヨルカ：今度は夏目漱石《なつめそうせき》。

希墨《きすみ》：大事なのは言葉の真意だ。

ヨルカ：はいはい。

希墨《きすみ》：国語は苦手か？　じゃあはっきり言うぞ。

ヨルカ：意味くらい知ってるから！

希墨《きすみ》：好きだぞ、有坂《ありさか》。

返事が途切《とぎ》れた。

「やりすぎたか……？」

若干後悔《じゃっかんこうかい》しはじめた頃《ころ》、最後に一通届いた。

ヨルカ：……ダメ押しするな。おやすみ！

俺も「おやすみ」とすぐに送った。

第四話　嫉妬は、恋の隠し味

有坂《ありさか》と恋人《こいびと》になり、いつでも連絡《れんらく》がとれるようになった俺は謎《なぞ》の無敵感に包まれる。

高校二年生のはじまりとしては最高のスタートだろう。

春休みの連絡《れんらく》がとれない苦痛と不安から解放された今なら空も飛べそうな気分である。

授業中でも恋人《こいびと》のことばかり考えてしまい、周りの声があまり耳に入ってこない。

帰りのホームルームで、神崎《かんざき》先生が「瀬名《せな》さんと支倉《はせくら》さんは茶道部《さどうぶ》の部室まで来てください。お話があります」と言った気もするが、俺の行くべき場所は他にある。

「希墨《きすみ》くん、一緒《いっしょ》に行こう」

いざ美術準備室へ、と立ち上がったタイミング、自分の名前を呼ばれて現実に引《ひ》き戻《もど》される。

「え、朝姫《あさき》さん？　なんで？」

「さっき神崎《かんざき》先生が私たちに茶道部《さどうぶ》の部室に来るように、って言ってたじゃない。神崎《かんざき》先生は毎年クラス委員を指名するんでしょう。希墨《きすみ》くんと一緒《いっしょ》に呼ばれたイコール、私もクラス委員に選ばれたってことだよね。きっと！」

期待をこめて楽しそうに語る美少女の名前は、支倉朝姫《はせくらあさき》。

いつでも芸能界で通用しそうな整った顔立ちで、愛想《あいそ》よく微笑《ほほえ》む。

ほんのり明るい茶髪《ちゃぱつ》は肩《かた》まで伸《の》び、ゆるくかかったパーマが快活な印象をあたえる。華美《かび》にならない薄《うす》いメイクが素材のよさを一層引き立てている。艶《つや》っぽい唇《くちびる》には思わず目がいってしまう。ブレザーの制服をきちんと着ながらもネイルや品のいいオシャレがさりげない。

将来は女子アナのような人気職業がピッタリ似合うだろう。

ちょっとあざといくらいのかわいさ。だが、持ち前の高い対人スキルでオセロを黒から白にひっくり返すノリで、斜《しゃ》に構えた連中も話しただけで自分のファンにしてしまうような子だ。

一言で言ってしまえば、有坂《ありさか》とは正反対の美人だ。

支倉朝姫《はせくらあさき》は俺達の学年の中心人物。

かわいくて華《はな》のある人気者、明るい性格な上に親しみのある距離感《きょりかん》で接するので友達も多い。成績も有坂《ありさか》ほどではないが、上位常連。万事《ばんじ》そつなくこなし、教師受けも抜群《ばつぐん》に良い。

進学校ながら学校行事の多い永聖《えいせい》高等学校。

生徒主導の名の下《もと》にやたらクラス委員の合同作業が多く、朝姫《あさき》さんも去年は別のクラスでクラス委員をやっていたため俺も面識があった。

向こうが希墨《きすみ》くんと呼ぶので、俺も朝姫《あさき》さんと呼ぶ。

だからといって特別に仲がいいわけではない。廊下《ろうか》で顔を合わせれば話すくらいの女の子。

なにせ朝姫《あさき》さんは、同級生全員を下の名前まで記憶《きおく》しているのだ。

「なんか二年生になって、ずっとぼんやりしてるよね。悩《なや》みがあるなら力になるよ」

「ありがとう。なんかあった時は相談する」

「いつでも喜んで。じゃあ行こっか」

「悪い。用事があるから俺はパス。クラス委員は他の男子にしてくれって朝姫《あさき》さんから神崎《かんざき》先生に伝えておいて」

「ちょっと、ちょっと！　困るよ！　え、一緒《いっしょ》に来てくれないの？」

朝姫《あさき》さんは慌《あわ》てて俺の制服の袖《そで》を摑《つか》んだ。

「ひとりでも大丈夫《だいじょうぶ》だって。神崎《かんざき》先生は経験者優遇《けいけんしゃゆうぐう》だから、朝姫《あさき》さんならただの意思《いし》確認《かくにん》だけだって」

神崎《かんざき》先生の受け持つクラスでは毎年クラス委員は先生の指名で決まる。だから今年も担任とわかった瞬間《しゅんかん》、俺は真っ先に自分が指名されるのを懸念《けねん》した。今年こそやりたくない。

「そうじゃなくて！　え、希墨《きすみ》くん断るの？　てっきり引き受けると思ったのに」

「放課後の時間がとられるのは勘弁《かんべん》してほしいからね」

有坂《ありさか》とのデートができなくなってしまう。

「希墨《きすみ》くん、もうバスケ部も辞《や》めたんだし時間ならあるでしょう？」

「それは」と言いかけて、口をつぐむ。

有坂《ありさか》の希望で付き合っていることは秘密だった。危ない。

「気になるな、希墨《きすみ》くんのこと」と朝姫《あさき》さんは俺の顔を覗《のぞ》きこんでくる。

「俺のことはいいんだよ。とにかく、朝姫《あさき》さんなら誰《だれ》が相棒でも上手《うま》くいくでしょう？」

彼女のリーダーとしての資質は誰《だれ》もが知っている。

お手本にしたくなる優《すぐ》れたコミュニケーション能力。そんな彼女が今さら臆《おく》するようなこともないはずだ。

「私の相棒は希墨《きすみ》くんしかいないよ。去年の文化祭だって、希墨《きすみ》くんのさりげないフォローのおかげですごく助かったんだから」

朝姫《あさき》さんはニッコリと笑い、しかしその手は俺の袖《そで》をがっちり摑《つか》んで離《はな》さない。

「それに二年連続、あの神崎《かんざき》先生に指名されるほど信頼《しんらい》されてる希墨《きすみ》くんには、何卒《なにとぞ》私と神崎《かんざき》先生がよりお近づきになる手伝いをしてほしいなって」

「神崎《かんざき》先生の悪名ってそんなに轟《とどろ》いてるの？」

俺は真顔で聞き返してしまう。

「……そんな風に言うのは希墨《きすみ》くんだけだよ。いかにも大和撫子《やまとなでしこ》って感じで神崎《かんざき》先生に憧《あこが》れる女子は多いし。私も神崎《かんざき》先生みたいになりたくて、茶道部《さどうぶ》に入ったもん」

「あの強引《ごういん》さは真似《まね》しないでくれよ。去年は断れなくて、しぶしぶ引き受けただけだし」

「ゴリ押しするくらい希墨《きすみ》くんに見どころがあったってことでしょう！」

「物は言いようだな」

「私、神崎《かんざき》先生から指名されるか本気で心配だったからさ」

「クラス委員ってそんなに大人気の仕事だったっけ？」

初耳である。他に希望者がいれば喜んで譲《ゆず》るのに。

「私、大学は推薦狙《すいせんねら》いだから内申点《ないしんてん》を稼《かせ》いでおきたいのよ」

「もうそんなことまで考えてるんだ」

俺は目の前の恋愛《れんあい》で頭がいっぱいだから、大学受験なんてまだ先のことに感じていた。

「希墨《きすみ》くんってしっかりしてそうだけど、案外緩《ゆる》いよね」

「おかげで便利に使われがちなの」と俺は自虐《じぎゃく》する。

「やさしくて柔軟性《じゅうなんせい》がある、と前向きに評価してあげる。とにかく、断るにしても自分の口から直接言ってほしいかな！」

「……わかったよ」

どうやら朝姫《あさき》さんと一緒《いっしょ》に茶道部《さどうぶ》の部室に寄るしかなさそうだ。

有坂《ありさか》の席を見たが、彼女は先に教室から出ていったようだ。

移動中に「神崎《かんざき》先生に呼び出されたから、そっちに行くの遅《おく》れる」とこっそり有坂《ありさか》にラインしておいた。

ヨルカ：気やすく下の名前で呼ぶ、泥棒猫《どろぼうねこ》はどういう女？

だいぶ圧の強い返事が秒速で届いた。しっかり見られてた！　そしてものすごく警戒《けいかい》されている⁉　残念ながら返事を打つ前に俺達は茶道部《さどうぶ》の部室でもある茶室に着いてしまった。

◇◇◇

茶室に入ると、担任の神崎《かんざき》先生は待ちかねた様子で出迎《でむか》える。

神崎紫鶴《かんざきしづる》。

静かで丁寧《ていねい》な口調だが、言うことは割と辛口《からくち》で無茶振《むちゃぶ》りが多い和風の美人。

姿勢がいつも綺麗《きれい》な人。すっと背筋が伸《の》びていて、所作に無駄《むだ》がない。

大和撫子《やまとなでしこ》な印象の通り、茶道部《さどうぶ》の顧問《こもん》をしている。お茶にお琴《こと》、華道《かどう》などいわゆる花嫁修業《はなよめしゅぎょう》でイメージされる稽古《けいこ》事全般《ごとぜんぱん》に長《た》けた才媛《さいえん》で、神崎《かんざき》先生の指導を受けるために特に裕福《ゆうふく》な家庭の女子生徒が多く入部していた。その文化部らしからぬ大所帯は、当校の女子達のサロンのような場となっていた。

まだ二十代でありながら信念をもって教職にあたられ、ベテランの先生方からも一目置かれている。教師と生徒の線引きをしっかりしており、なれ合うことはない。だが生徒の何気ない変化にも敏感《びんかん》に気づいてくれることから信頼《しんらい》はすこぶる厚い。

たとえ進学校でも少なからずはみ出し者や不良がいる。一般的《いっぱんてき》に見れば、手のかかるような生徒も神崎《かんざき》先生によって更生《こうせい》し、無事に大学へ進学している。

思春期特有の尖《とが》った連中も神崎《かんざき》先生の言うことだけは素直《すなお》に聞く。

あの有坂《ありさか》でさえ神崎《かんざき》先生の言葉だけは聞く耳を持つ。

正確には天敵に近いので、警戒《けいかい》していると表現する方が適切だろう。

俺にとっては、なかなか心根の読めないお人だった。

とにかく無表情で考えていることがわからない。

その上、淡々《たんたん》とした口調でとんでもない仕事を頼《たの》んでくるのだ。

気が進まないが上履《うわば》きを脱《ぬ》いで、畳《たたみ》の上にあがる。

「どうぞ、お座りください」

正座する先生に倣《なら》うように、ごく自然に俺達も正座になってしまう。

「おふたりには、クラス委員をお願いしたいと思います」

単刀直入、本題に入る。

一年前とほぼ同じ台詞《せりふ》。デジャヴュ。去年はこの茶室の厳粛《げんしゅく》な雰囲気《ふんいき》と神崎《かんざき》先生の無言の圧力に負けて、断り切れなかったのだ。が、今年の俺は違《ちが》う！

「わかりました。よろしくお願いします、神崎《かんざき》先生！」

朝姫《あさき》さんは満点をあげたくなるような返事で引き受ける。

「お断りさせていただきます！　じゃあ、俺はこれで！」と俺は即座《そくざ》に立ち上がった。

「瀬名《せな》さん。待ってください」

落ち着いた、しかし有無《うむ》を言わさぬ声音に俺の逃《に》げ足《あし》は鈍《にぶ》る。

「急ぎの用事でもあるのですか？」

そして、二言目で完全に離脱《りだつ》し損《そこ》ねる。

無視したらひどいことになる予感がして、俺の脚《あし》は止まるしかなかった。

「俺の青春が懸《か》かった一大事なんです。止めないでくださいッ！」

「それは大変ですね。お茶でも点《た》てますからゆっくり話をしましょう。今日は特別にお茶請《ちゃう》けのお菓子《かし》もありますよ」

拒否権《きよひけん》ナッシング⁉

「いや、だから先生。俺には予定が」となんとか逆らってみる。

「——なにか、言いましたか？」

神崎《かんざき》先生は微笑《ほほえ》みを崩《くず》さない。

あくまで生徒の自主性を促《うなが》す。

向き合っているだけで背筋に冷たいものが走《はし》り抜《ぬ》け、俺の反抗心《はんこうしん》は一瞬《いっしゅん》で削《そ》がれた。毎度のことながら天地がひっくり返っても、神崎《かんざき》先生を言いくるＰめられる自信はない。

「正座で足が痺《しび》れちゃいました。歩けるまで、もうちょっと休んでこうかな」

俺は諦《あきら》めて、再び正座する。逆らえないことを心が悟《さと》ってしまっていた。

「足を崩《くず》して待っていてください。支倉《はせくら》さん、承諾《しょうだく》感謝します。今日はもう帰って構いません。一年間よろしくお願いします。私は瀬名《せな》さんと個人面談をする必要があるようなので」と先生は、抹茶《まっちゃ》を点《た》てる準備をはじめる。

「じゃあ、希墨《きすみ》くん。また明日。今年は一緒《いっしょ》にクラス委員がんばろうね！」

なぜ就任前提の言い草。

朝姫《あさき》さんは軽い足取りで帰っていった。

いいなぁ、この張《は》り詰《つ》めた空間から抜《ぬ》け出《だ》せるなんて。羨《うらや》ましくて泣きそうである。神崎《かんざき》先生と一対一《サシ》になると途端《とたん》に緊張感《きんちょうかん》が増す。

「帰りたいですか？」

「抹茶《まっちゃ》に罪はありませんので。いただいたらすぐに失礼しますよ」と俺は胡坐《あぐら》をかく。

「どうぞ遠慮《えんりょ》しないで存分にくつろいでください。今日は茶道部《さどうぶ》の活動はありませんので邪魔《じゃま》も入りません」

茶釜《ちゃがま》の水が沸騰《ふっとう》しはじめる音が茶室を満たす。

「放課後の密室で生徒とふたりきり、あまり教師としてよろしくないのでは？」

「……ご希望の展開でもあるのですか？」

神崎《かんざき》先生は茶杓《ちゃしゃく》で抹茶《まっちゃ》をすくう流麗《りゅうれい》な所作を乱すことなく、俺の戯言《たわごと》をそのまま切り返す。

ピコン、とスマホの着信音が静かな茶室に響《ひび》く。

「すみません。すぐマナーモードにしますので」と画面をチラ見する。メッセージの送り主は有坂《ありさか》ヨルカだった。

ヨルカ：既読《きどく》つけたよね？　まだ終わらないの？

この状況《じょうきょう》で返信なんてできるはずもない。しかもさっきの返事もしていないから、怒《おこ》っている気がする。マズイ！

「引き受けられないのは、なぜですか？」

「自分の時間を大事にするためです」

「息抜《いきぬ》きも大事ですが、遊びすぎると成績が落ちますよ。瀬名《せな》さんはやればできるのですから」

励《はげ》ます言葉をやたら強調される。

茶筅《ちゃせん》で抹茶《まっちゃ》を点《た》てる小気味よい音が、茶室に響《ひび》く。

「──なにかありましたか、春休みに」

「なぜピンポイントに、その期間を？」

「受け持って二年目です。生徒の変化くらいわかりますよ」

「そんな違《ちが》います？」

「それはもう、明々白々に」

「大げさな。簡単に成長なんてしませんってば」

「そうでもありませんよ。十代の子は些細《ささい》なきっかけで見違《みちが》えるように変わることがあります」

「俺は、それほど優秀《ゆうしゅう》な生徒じゃありません」

「別に瀬名《せな》さんとは言っていません」

「はい？」

「どうぞ」と茶碗《ちゃわん》を差し出される。

「無作法、失礼します」と断り、俺は先生の点《た》てた苦い抹茶《まっちゃ》と練り切りをいただく。

「そのまま聞いてください。私は有坂《ありさか》さんにはもっと交友関係を広げてほしいと思っています。そのためには瀬名《せな》さんの協力が今年も不可欠です」

「それはまた、去年よりさらに難易度の高いミッションですねぇ」

去年クラス委員を頼《たの》まれた時とまったく同じ展開。

ポケットの中でスマホが震《ふる》えた。有坂《ありさか》のメッセージだろう。

「彼女と交流できた瀬名《せな》さんだからこそのお願いです」

「俺は昼休みや放課後に雑談してただけですよ」

「今年は、クラスメイトとの間をあなたが取り持ってあげてください」

スマホがまた振動《しんどう》する。

「……………ぶっちゃけ、他のやつと仲良くするイメージがまったく浮《う》かびません」

「そこは橋渡《はしわた》し役《やく》のあなたの腕《うで》の見せ所です」

「あの有坂《ありさか》に、ふつうを押しつけるのはナンセンスですよ」

きっぱりと断言する。

「わかっています。有坂《ありさか》さんは特別です。しかし、孤独《こどく》を好むのと孤立《こりつ》することは異なります。事実、彼女は瀬名《せな》さんのような理解者を受け入れました。他人を拒絶《きょぜつ》するのが当たり前の子が、あなたとは親しくなりました。だから、他の人とも仲良くできますよ」

神崎《かんざき》先生は真《ま》っ直《す》ぐな目で俺を見てきた。

「先生はずいぶんと有坂《ありさか》に期待してるんですね」

「違《ちが》いますよ、瀬名《せな》さん。おふたりに期待しているんです」

涼《すず》しい顔でこういうことをさらりと言うから、神崎《かんざき》先生は質《たち》が悪い。

先生の言葉には言霊《ことだま》が宿っているような妙《みょう》な説得力があり、耳に入れたら最後信じてみたくなってしまうのだ。

俺は残っていた抹茶《まっちゃ》を飲み干す。

「ごちそうさまでした」

「お粗末様《そまつさま》です。で、引き受けてくれますか？」

「一年分の報酬《ほうしゅう》としては、このお茶だけではちょっと物足りないですけどね」

「──それでは、瀬名《せな》さんがピンチの時に手を貸す、ではどうでしょう？」

悪くない。神崎《かんざき》先生の力添《ちからぞ》えをもらえるのは、いざという時心強い。

「あ——今年こそ絶対断るつもりだったのにぃ！　その報酬《ほうしゅう》、約束ですからね！」

「その人のよさが瀬名《せな》さんの魅力《みりょく》ですから。承知しました」

俺が立ち上がると、ポケットのスマホが立て続けに振動《しんどう》する。

どうやら有坂《ありさか》は我慢《がまん》の限界らしい。もうすぐ行くから、あとちょっとだけ待て。なだめるつもりでスマホの入ったポケットを押さえる。

「余談ですが、瀬名《せな》さんと有坂《ありさか》さんが今年も同じクラスなのは有坂《ありさか》さんの希望ですよ」

「え、初耳なんですけど⁉」

さっさと茶室を出ていく気まんまんだった俺は思わず振《ふ》り返《かえ》る。

すると思っていた以上に先生は真後ろにいた。畳《たたみ》の上では靴下《くつした》がよく滑《すべ》る。

結果、先生を押《お》し倒《たお》してしまった。

俺のスマホはこけた拍子《ひょうし》にポケットから落ちてしまう。

「終業式のあと、はじめて彼女から私のところにやってきて、あなたと同じクラスにしなければ学校を辞《や》めると直訴《じきそ》されたんですよ」

俺の下で、先生は表情ひとつ変えずに淡々《たんたん》と話しつづける。

「平然と話さないでください！　なんすか、このラブコメ展開ッ」

「——これがご希望の展開ですか？」

「なわけあるか！」

「でも咄嗟《とっさ》に背中に手を添えて庇《かば》ってくれるのですから紳士《しんし》ですね。ただ」

「ただ、なんですか?」

「倒《たお》れた拍子《ひょうし》にブラジャーのホックが外れてしまいました」

「なにとんでもないことまで口走ってるんすかッ⁉」

思わず胸元《むなもと》を見てしまう。春の服装は布地が薄《うす》めだから先生のボリューミーなバストを包みこむブラジャーがズレているのが丸わかりだった。

これが、拘束《こうそく》から解放された大人のお胸か。包《つつ》み隠《かく》さず言えばデカい!

「あの、あまり熱心に見られるのはさすがに……」

「すみません。そ、そんな簡単に外れるものなんですかッ」

全力で目を逸《そ》らす。先生の背中から腕《うで》を引《ひ》き抜《ぬ》きたいところだが、下手に動けば事態を悪化させかねない。

「私のサイズに合ってデザインが気に入るものが少なく、あっても値《ね》が張るから長く使っているんです。たぶんホックが……」

生々しい事情ッ。つーかパニくってアホな質問をする俺も俺だが、答える先生も先生だ。

いかん、変な汗《あせ》をかいてきた。

「えっと、俺はどうすればいいですか」

まだ片手が先生の背中に回っている。もう片方の腕《うで》の力をちょっとでも抜《ぬ》けば俺の胸板《むないた》が先

生に着地してしまう。標高が高いよ、チョモランマ。

するとまたスマホが振動《しんどう》。振動《しんどう》。大振動《だいしんどう》。畳《たたみ》の上でどったんばったん大暴れである。

「こう見えて、私もそれなりに動揺《どうよう》しているんですよ。悲鳴をあげて誰《だれ》か駆《か》けつけようものなら、変な勘違《かんちが》いをされかねません。将来は校長になって、定年まで勤めあげるつもりですので」

「もうちょい表情に出してくださいッ！」

俺は強引《ごういん》に腕《うで》を引《ひ》き抜《ぬ》いて飛び起き、茶室の隅《すみ》に逃《に》げる。

「少し、向こうを向いていてください」と先生はおもむろに乱れた髪《かみ》や着衣を整える。壁《かべ》を見つめ、雑念を振《ふ》り払《はら》おうと努力するも、衣擦《きぬず》れの音や動く気配が気になってしまう。

「色んな意味でもうヤダ、この人」

「瀬名《せな》さん。あなたのスマホがやたらと荒《あら》ぶっていますよ」

「あぁ、もう！　先生のせいですから！」

「今年もよろしくお願いします、瀬名《せな》さん」

こんな調子で神崎《かんざき》先生は圧倒的《あっとうてき》マイペースというか、静かなるパワープレイで押し切ってしまうのだ。

ズルい。超《ちょう》ズルい。しかも有坂《ありさか》が俺と同じクラスを希望したという隠《かく》し玉《だま》を、引き受けたあとで教えるのである。

やはり俺の担任は油断ならない。

◇◇◇

茶室にいたのは、おそらく三十分にも満たない時間だっただろう。

廊下《ろうか》に出ると、有坂《ありさか》ヨルカが不機嫌《ふきげん》そうに腕《うで》を組んで立っていた。

「有坂《ありさか》⁉　悪い、待っててくれたのか」

「──あの女は？」

「朝姫《あさき》さんのこと？　彼女なら先に帰ったけど」

「朝姫《あさき》？」と、有坂《ありさか》は敏感《びんかん》に反応する。

「ただの呼び方。他意はない」

「……瀬名《せな》だけでなにしてたの？」

有坂《ありさか》は眉間《みけん》にしわを寄せて、睨《にら》んでくる。すんごく文句を言いたげな顔でムスっとしている。

「今年もクラス委員になれって呼び出し」

「五秒あれば終わるじゃない！　時間かかりすぎ！」

「俺だって早く済ませたかったんだけどさ……」

元凶《げんきょう》も静かに茶室から姿を現す。

「──あら、有坂《ありさか》さん。まだ校内に残っていたのですね」

神崎《かんざき》先生はなんとも白々しく驚《おどろ》いてみせた。

「クラス委員摑《つか》まえて、ずいぶんと長い内緒話《ないしょばなし》でしたね」

有坂《ありさか》はなぜか嫌《いや》みっぽく言う。

「ええ。ふたりで親密な時間をすごすことができました」

「へぇ。生徒相手に密室で、どんな楽しいことをしてたの？」

両者とも表面上は穏《おだ》やかだが、言外ではバチバチにぶつかり合っている。

「私も不思議です。まるで有坂《ありさか》さんはこの茶室から誰《だれ》かが出てくるのをずっと待っていたみたいな言い方をするのですね」

「はぁ？　そんなわけないでしょう！」

「瀬名《せな》さんはなにやら青春の一大事だと急いでいた様子でしたが」

「なんで瀬名《せな》が出てくるのよ⁉」

「そうですか。大事な用件があって彼を引き止めていたんですけどね。あなたと無関係なら謝《あやま》る必要もありませんね」

「先生。あんまり有坂《ありさか》を煽《あお》らないで」と俺はすかさず口をはさむ。

「瀬名《せな》さんが抵抗《ていこう》するから時間がかかったんです。大人しくしていれば、すぐに済んだものを。それとも、ほんとうは長居したかったのですか？　言ってくれれば今日は付き合えましたのに」

何やら意味ありげな顔でこちらを見てくる神崎《かんざき》先生。

「せぇーなぁー。クラス委員引き受ける以外になにしてたのよ」と有坂《ありさか》の怒《いか》りのボルテージがさらに一段階アップする。

「なにもしてないって！」

「ええ。あれはふたりの秘密です。いいですか、誰《だれ》にも話してはいけませんよ」

待て、その言い方はなんだ。

神崎《かんざき》先生の言葉に俺は凍《こお》りつき、ヨルカは絶句していた。

曖昧《あいまい》に濁《にご》している上に微妙《びみょう》に恥《は》ずかしそうな先生の気配が妙《みょう》に生々しい沈黙《ちんもく》をこの場にもたらす。

「先生、あのですね」

有坂《ありさか》は声にならない声を漏《も》らしながら、明らかに動揺《どうよう》していた。

「あら、瀬名《せな》さん。口元に抹茶《まっちゃ》がついていますね。先ほどは気づきませんでした」

神崎《かんざき》先生は取り出した自分のハンカチで俺の口元を拭《ぬぐ》った。

「――――」「ッ⁉」

固まる俺と目玉が飛び出しそうなほど目を見開く有坂《ありさか》。

「はい。とれましたよ」

「教師のくせに、そこまでする⁉」

「こっそり瀬名《せな》さんのためにお茶を点《た》てたのですが、バレてしまいましたね」

気恥《きは》ずかしい。この年になって他人に口元を拭《ぬぐ》われるとは。不意打ちの子《こ》ども扱《あつか》いに俺は反応に困る。というか、うん。あの時は先生もほんとうにテンパってたのか。

「どうぞ、瀬名《せな》さんを返しますよ。楽しい放課後を」

神崎《かんざき》先生は何事もなかったかのように職員室に戻《もど》っていった。

天然なのか、わざとなのか。

少なくとも有坂《ありさか》には効果絶大だった。

「なん、なのッ！　アイツ！　あぁーマジで腹立つ！　あの距離感《きょりかん》、ちょっとおかしくない？　ほんとにムカつく！」

学校の廊下《ろうか》であることも構わず、有坂《ありさか》は見たこともないほどキレていた。

俺に対してとは明らかに違《ちが》うこの怒《おこ》りようは、いかに神崎《かんざき》先生が有坂《ありさか》にとって天敵かを物語っている。

「有坂《ありさか》」

「なによ！」

「怒《おこ》ってくれてありがとう」

「なんで感謝⁉」

火に油を注いでいるようにも思えるが、俺の胸は幸福感に満ちていた。

「俺のこと好きでなきゃ、嫉妬《しっと》なんかしないだろ？」

「瀬名《せな》が女とふたりきりだったら警戒《けいかい》するでしょう」

「好きな相手でなければ、警戒《けいかい》の必要もないだろ？」

「だってライン無視するし」

「先生の前ではさすがに返信は無理だって」

「クラス委員とわたし、どっちが大事なの？」

まさか、あの伝説の台詞《せりふ》のアレンジを聞ける日がこようとはッ！

それくらい有坂《ありさか》は不貞腐《ふてくさ》れていた。

「そんなに心配？」

「男子は、頭の中でずっとエロいことばっか考えてるんでしょう？」

「それは告白の時に認めただろう。もちろん、恋人限定《こいびとげんてい》だ」

「ほんとに？」

「こう見えても、約束を守って色々我慢《がまん》してるんだぞ」

俺のこの言葉で有坂《ありさか》の怒《いか》りは一瞬《いっしゅん》で消えたようで、今度はポカンとした顔をする。

俺の言葉の意味を理解したのか、有坂《ありさか》は急に後ずさった。

「が、学校の廊下《ろうか》で変なこと言わないでよ！」

「事実なんだからしょうがないだろう」

「しょ、正直すぎるってば。ちょっとは慎《つつし》みを持ちなさいよ」

「遠慮《えんりよ》してたら有坂《ありさか》ヨルカに告白なんてしないさ。俺はいつでも必死で本気だ」

俺は、俺が恋《こい》した女の子の瞳《ひとみ》を見つめる。

「……瀬名《せな》の方が余裕《よゆう》ある感じ、やっぱり気に入らない！」

有坂《ありさか》は顔を背《そむ》けて、ひとりで歩きだしてしまう。

「わかった、俺が悪かったよ。ヨルカちゃん。ヨールーカーちゃん、ひとりで帰らないで」

俺は冗談《じようだん》めかして下の名前で呼んでみる。

「廊下《ろうか》で下の名前を呼ぶな」

「じゃあ、ふたりきりならいいの？」

「よくない」

「俺のことも希墨《きすみ》でいいよ」

「呼ばない」

「えー切ない」

「調子に乗るな！」

「ヨルカちゃーん」

「ちゃんは、いらない！」

俺は彼女の前に回りこむ。

「ヨルカ」

今度は真剣《しんけん》に、心をこめて名前を呼んだ。

「ふ、ふたりだけの時だけね」

ヨルカは顔を赤くしながらも、どこか嬉《うれ》しそうだった。

大好きだからこそ俺は悟《さと》る。

──強引《ごういん》は傷つけるけど、遠慮《えんりょ》もいけない。

誰《だれ》よりも臆病《おくびょう》で不器用な女の子にやさしくありたい。

誰《だれ》よりも美人なのに、自信のない彼女にはいつだって幸せな気持ちでいてほしい。

嫉妬《しっと》する心配なんてない。俺はヨルカに夢中だから。

俺はこの子が大好きだ。

幕間一

目立つ外見をしていると、嫌《いや》でも人の目を引く。

別に周りの注目を集めたいわけじゃない。ただ穏《おだ》やかに、自分らしくいたいだけ。

それが個性でしかないのに教室という狭《せま》い世界では、ふつうでない者への風当たりが強い。

だけど知ったこっちゃない。

損をするとしても、自分は自分でしかいられない。

他人が簡単に推《お》し量《はか》れるほど薄《うす》っぺらくもないし、安っぽい共感やうわべの理解なんて必要ない。

欲《ほ》しいのは――このままの自分に自然体で接してくれること。

だから、最初は特に印象に残るような男の子じゃなかった。

瀬名希墨《せなきすみ》。

下の名前は珍《めずら》しいけど、さりとて特徴《とくちょう》らしい特徴《とくちょう》もない平凡《へいぼん》な人。

クラス委員をやっていなければ顔も名前も記憶《きおく》に残らないタイプ。

流されやすくお人よしな性格。

両親が共働きで小学生の妹がいるから世話を焼くことには慣れている。

成績は中の中。授業中にノートを真面目にとるが、テスト前に慌《あわ》てて復習するタイプ。

身長は高すぎず、低すぎず。外見については年齢《ねんれい》=彼女いない歴なので推《お》して知るべし。

目立ったところのない、ごくありふれた男の子。

クラス委員という立場上、彼は親しくない相手とも接する機会が多い。

そうした時の彼は己《おのれ》の特徴《とくちょう》のなさを活《い》かすようにさりげなくスマートに対応していた。

どんなタイプの相手に対しても押しつけがましくすることなく、それでいて相手の意思を引き出すのが上手だ。そうやって緩衝材《かんしょうざい》の役目をして、うまくクラス全体を馴染《なじ》ませる。

空気のように普段《ふだん》は意識することもなく、それでいて必要不可欠なもの。

彼のいるクラスの居心地《いごこち》がいいのは、みんな自由にやっているようで空気のような彼がさりげなくバランスを取っているからだろう。際立《きわだ》った積極性や熱意で全員を引っ張るのではない。

だけど、問題が起こりそうになる前にそっと対処している。

そう、空気は目に見えないけど欠かせない。空気がなければ人間は死んでしまう。

そうやっていつの間にか彼に興味をもつ自分に気づいた。

第五話　ふたりで授業を抜け出せば

正式に二年A組のクラス委員になってしまった俺。

永聖《えいせい》高等学校は、進学校のくせにやたらと学校行事が多い。クラス委員が最初に行う大きな仕事が、新年度早々に行われるクラス対抗《たいこう》球技大会の運営だ。

屋外ではサッカーと野球とテニス、屋内ではバスケ、バレー、卓球《たっきゅう》と競技種目は多岐《たき》に亘《わた》る。レクリエーションである以上、その目的は新しいクラスメイトと親睦《しんぼく》を深めることだ。

だから楽しむのが第一であり、ガチンコで勝ちにいくクラスはほとんどない。

「やるからには完全優勝しようね！　はい、これ資料作ってきたから」

その例外であるのが我がA組。笑顔《えがお》で高い目標を掲《かか》げているのは支倉朝姫《はせくらあさき》だ。

もうひとりのクラス委員である俺は朝早くから教室に呼び出されていた。昨夜も遅《おそ》くまでヨルカとラインしてたから寝不足気味《ねぶそくぎみ》。眠気《ねむけ》を噛《か》み殺《ころ》して、相棒として彼女に意見しなければならない。

俺の席の前に座る朝姫《あさき》さんが一枚の紙を手渡《てわた》す。

クラスメイト全員分の小中高の運動経験を記載《きさい》した個人情報、および他クラスの戦力状況《せんりょくじょうきょう》がまとめられていた。これを元に優勝するための布陣《ふじん》を組むというわけだ。

「これ、すごいね。どうやって調べたの？」

「友達多いからね。聞いたらみんな教えてくれたよ。希墨《きすみ》くんについては、七村《ななむら》くんとひなかちゃんからの情報提供」

見た目の華《はな》やかさとは裏腹に、地道な下準備を怠《おこた》らない。朝姫《あさき》さんのそういう堅実《けんじつ》なところは尊敬する。資料もとても読みやすい。

「……そういえば、七村《ななむら》のことは下の名前では呼ばないんだな」

「彼ってバスケ部のエースじゃない。一軍リア充《じゅう》男子にはファンの子も多いから、親しくすると敵が増えちゃうし。それにガッツリ男らしいタイプって私の好みじゃないから」

そのへんの立ち回りはきちんと計算しているらしい。さすがだ。

「俺を下の名前で呼ぶ意味もなくない？」

「相棒に親しみをこめているだけよ。別に問題ないでしょう」

「彼女が嫉妬《しっと》するから止《や》めてくれ」

「え、希墨《きすみ》くん付き合ってる人いるの？　誰《だれ》？」

「寝起《ねお》きのジョークだ。聞き流して」と俺は否定する。

「いつか希墨《きすみ》くんにも素敵《すてき》な彼女ができるよ。だからクラス委員の仕事をがんばろう！」

すげえ同情された上に仕事に集中しろ、と言われる悲しみ。

「ふつうでいいのに……」

俺はリストに目を通しながら、あくびを漏《も》らす。

「優勝すれば高校二年のいい思い出にもなるじゃない」

「レクリエーションに、そこまで本気にならなくても」

「モチベーション低いよ。希墨《きすみ》くんが話し合うなら朝がいいって言うから、この時間にしたんだよ。その言い草はどうなの」

「それほど意識高い系のクラス委員じゃないのよ、俺」

教室には俺達ふたりしかいない。もちろん、俺だってギリギリまでベッドで寝《ね》ていたいが、放課後はヨルカのために使いたかった。恋人《こいびと》との時間を確保するためなら、苦手な早起きだってしてみせる。

「一緒《いっしょ》にがんばろうよ。私達がクラスのみんなを引っ張らないと」

まぶしい。朝姫《あさき》さんみたいに容姿端麗《ようしたんれい》、頭脳明晰《ずのうめいせき》な上に集団に高い忠誠心をもっている理想的な人物を見ていると、己《おのれ》の緩《ぬる》さや斜《しゃ》に構えっぷりを痛感させられる。

「神崎《かんざき》先生はそこまで期待してないぜ。あの人、最低限はものすごく強要するけど、それ以上がんばるかどうかは基本的に自主性に任せるスタンスの人だからさ」

もっとも神崎《かんざき》先生の自主性に任せるも、かなり無言の圧力をかけてくるのだが……。

とにかく俺はヨルカとすごす時間を削《けず》られるのが嫌《いや》なのだ。これで朝練でもやることになった日には立場上参加しなくてはならないではないか。勘弁《かんべん》してくれ。

「……おかしいな。他の男子なら、もう少し協力的な気もするんだけどなー」

朝姫《あさき》さんはそんなことを嘯《うそぶ》く。

「いっそ朝姫《あさき》さんから『使えないから別の男子に代えて』って神崎《かんざき》先生に言ってくれよ」

「ありえない！　いいことない上、私の評価まで下がるじゃない」

「朝姫《あさき》さんが熱心なのは推薦《すいせん》入学とりたいからだっけ？」

「うち、母子家庭だからお金を節約したくて」

「偉《えら》いね」

サバサバと語られる意外な一面。もっと優雅《ゆうが》なご家庭の育ちだと勝手に思っていた。

「お、やっと聞く耳持ったな。希墨《きすみ》くん、そんなに私のプライベートに興味あるの？」

朝姫《あさき》さんはからかってくる。

「ちょっと、あんま見つめないで」

女性に免疫《めんえき》があまりないので、無駄《むだ》にドキドキしてしまう。

「かわいく産んでくれた親に感謝よ」

「その割には恋人《こいびと》の話題は聞こえてこないよね。実は隠《かく》してるとか？」

もしかしたら俺とヨルカのように朝姫《あさき》さんにも秘密の恋人《こいびと》がいるのかも。

支倉朝姫《はせくらあさき》は常に人の輪の中心にいて、友達も多い。イベントでも一番目立つ役割をしていることが多いのだが、具体的に誰々《だれだれ》と付き合っているというような噂《うわさ》は聞かない。

「私、恋愛《れんあい》の優先順位低いの。やるべきことをやるのが大事で、その上でいい人がいればって感じだから」

モテる女は余裕《よゆう》の笑《え》みを浮《う》かべる。

意識せずとも異性の気を引けるのは羨《うらや》ましい限りである。

「希墨《きすみ》くんこそ彼女いないの？　モテそうなのに」

はい、出た。女の子が興味のない相手に言う常套句《じょうとうく》。ほんとうにモテるなら、今こうして話しているだけで女の子の心を摑《つか》んでいる。

「その話題、わざわざ掘《ほ》り下《さ》げる必要ある？」

「あーなんか誤魔化《ごまか》してそう。もしかして有坂《ありさか》さんが好きとか？」

「なんで有坂《ありさか》の名前が出てくるんだよ」

急に恋人《こいびと》の名前が出てきて、俺の心臓が跳《は》ねる。

「神崎《かんざき》先生から聞いてるよ。去年は誰《だれ》とも話さない有坂《ありさか》さんの話し相手になってたんでしょう。あの有坂《ありさか》さんと話せるなんて、もしかしたら特別な気持ちがあるからかもしれないよ」

朝姫《あさき》さんは声を潜《ひそ》める。

「そうかな？」と俺は朝姫《あさき》さんの煽《あお》りにワザとらしく乗ってみせる。

「ごめん、嘘《うそ》ついた。ふたりが付き合うなんてありえないわよね！」

そう言って朝姫《あさき》さんは真剣《しんけん》な表情を我慢《がまん》できず大笑いする。

「あ、怒《おこ》った？」

「いいや。誰《だれ》が見ても釣《つ》り合《あ》ってないだろうし」

第三者目線の評価を聞いて、俺はしみじみとそう感じる。

孤高《ここう》のクールビューティーと平凡《へいぼん》男子、ふつうならそんな格差カップルが成立するはずもない。

「……ショックを受けたならごめんなさい。けど、希墨《きすみ》くんと有坂《ありさか》さんが恋人《こいびと》同士なら、私にはすごく都合がよかったんだけどな」

「都合がいい？」

「私が希墨《きすみ》くんと親しくすれば、有坂《ありさか》さんの動揺《どうよう》を誘《さそ》えるじゃない」

「なんのために？」

俺は朝姫《あさき》さんの意図するところが気になった。

「有坂《ありさか》さんがいる限り、私はテストで学年一位をとれないのよッ！」

朝姫《あさき》さんはものすごく悔《くや》しそうだった。

「その言い方がすでに勝ち目のない感じだよな」

「今年こそは絶対一位になってみせるんだから！」

不動の一位と万年二位。

俺達の学年では入学以来、テストの順位はそう固定されていた。

もちろん二位だって十分すごいのだが、朝姫《あさき》さんが納得《なっとく》していないのは明白だ。

「ねぇ、有坂《ありさか》さんの足を引っ張れる秘策ってないかしら」

「姑息《こそく》ッ⁉」

無邪気《むじゃき》に他者を蹴落《けお》とす発言。

「嘘《うそ》よ。他人を貶《おとし》めるのは趣味《しゅみ》じゃないもの。だから、私はみんなから持ち上げてもらう努力をしまーす」

朝姫《あさき》さんはスマホを取り出して、俺らの作業風景を撮影《さつえい》する。

朝からがんばっていますって顔で上手に自撮《じど》り。

机の上に広げられた資料と文房具《ぶんぼうぐ》、そして端《はし》に写りこんだ俺の手。大量のハッシュタグを手早くつけて、SNSに投稿《とうこう》する。

「匂《にお》わせるような画像を勝手にアップするなって」

「いいじゃない。どうせクラス委員の仕事って時点で、希墨《きすみ》くんが一緒《いっしょ》なのはクラスの子ならみんな察しがつくし」

「だからって、無闇《むやみ》に男の影《かげ》をちらつかせない方がいいんじゃない？」

「希墨《きすみ》くんなら問題ありません」

「信頼《しんらい》されてるみたいで、どーも」

「そうよ。光栄に思ってね」

「誰《だれ》にでも言ってるんじゃない？」

「いい男なら、そういう野暮《やぼ》なことは言わないよ」

朝姫《あさき》さんのスマホは、すぐにいいねやコメントの通知で騒《さわ》がしくなる。ちょうど登校中の電車でみんながチェックしていたのだろう。登校時間まで完璧《かんぺき》に計算に入れている。

「あのね、こういう先手を打っておいた方がホームルームで決める時も話が早いじゃない」

「事前準備を怠《おこた》らないから結果がついてくるわけか」

「そういうこと。さぁ、理想の布陣《ふじん》を考えましょう」

朝姫《あさき》さんはスマホをしまい、真剣《しんけん》な顔つきになって資料と向き合う。

やるべきことはやらねばなるまい。俺も真面目に考える。集中すると議論にも自然と熱がこもっていく。用意してくれた資料のおかげで最適の布陣《ふじん》が次々に決まっていく。そして最後に残ったのが——有坂《ありさか》ヨルカをどうするかだった。

「希墨《きすみ》くん。去年はどうしたの？」

「本人の希望を訊《たず》ねたけど特にないってことで、適当に決めた。結局当日は体調不良を理由に保健室で休んでたみたい」

「それってサボりってことよね？」

「さすがに女子が体育を休む理由を大っぴらには聞けないよ。神崎《かんざき》先生が許可した以上、俺から言うべきことは特にないし」

「今年はちゃんと参加してほしいよね」

「どうやって？」

「最初から諦《あきら》めムードだとできることもできないってば」

「有坂《ありさか》は手ごわいぞ」

「経験者は語る、か。でも女同士なら違《ちが》うかもよ」

コミュニケーション力に自信のある朝姫《あさき》さん。

面白《おもしろ》い。任せてみようじゃないか。俺のクラス委員としての負担が減るなら大歓迎《だいかんげい》である。

いつの間にか朝練終わりの運動部や早めに登校する者達で教室が賑《にぎ》やかになっていた。

そのざわめきで、俺はすぐには気づかなかった。

強烈《きょうれつ》な視線を感じて顔をあげると、ヨルカが俺を睨《にら》んでいる。

「じゃあ有坂《ありさか》の参加競技は朝姫《あさき》さんに任せた！　今朝はこれでおしまい！　お疲《つか》れ！」

俺が慌《あわ》てて送った事情説明したラインは見事に既読無視《きどくむし》され、お昼を一緒《いっしょ》に食べることもできなかった。

波乱の予感がする。

◇◇◇

「クラスの団結を強めるためにも球技大会では優勝を目指そうね！」

ロングホームルームの時間、教壇《きょうだん》に立つ支倉朝姫《はせくらあさき》はあらためて宣言する。

「実施《じっし》競技《きょうぎ》の部活動に入っている人や経験者の活躍《かつやく》を期待してるからね。中心になって勝利をもぎとって！　私は中学時代テニス部だったからテニスやります！」

ガチで優勝を取りに行く気満々な朝姫《あさき》さんは、率先《そっせん》して希望種目を述べる。

朝の打ち合わせ通り、経験者を優先的に各競技に配置。他クラスの戦力傾向《せんりょくけいこう》も把握《はあく》しており、より勝ち目のありそうな競技に運動神経の優《すぐ》れた者を振《ふ》り分《わ》け補強していく。

朝姫《あさき》さんの慣れた仕切りで、どんどん決まっていく出場者を俺は黒板に書いていく。

「瀬名《せな》は、もちろんバスケやるよな」

七村竜《ななむらりゅう》が長い手を挙げる。

運動神経抜群《ばつぐん》、恵《めぐ》まれた体格により一年生の頃《ころ》からエースとして活躍《かつやく》するビッグマン。短髪《たんぱつ》の似合う精悍《せいかん》な顔つきで、一度《ひとたび》コートに立てば、クロヒョウのごとき機敏《きびん》な動きで得点を重ねる。その強気でふてぶてしい態度が男らしく感じられるのか、女子にはよくモテた。

「俺は裏方で当日は審判《しんぱん》がメイン。せいぜい補欠だな。あ、ルールのわかる人たちは積極的に審判《しんぱん》にも協力してください。部活の人だけに任せると休む時間が減っちゃうから」

その気のない俺は聞き流して、各競技経験者に呼びかける。

「はぁ？　おまえがパス出さなきゃ俺がボール運びまでしなきゃいけないだろう」

「どうせ七村《ななむら》ひとりでも勝てるよ」

俺は適当にあしらう。

「支倉《はせくら》ちゃーん。勝つためには元バスケ部の瀬名《せな》も必要だと思いまーす」

「そうね。B組にはバスケ部が揃《そろ》っているから、そこと当たる時は瀬名《せな》くんも出場できるように、体力はしっかり温存しておいて。はい、じゃあ次の競技だけど」

相手を乗せるのが上手な朝姫《あさき》さんによってスムーズに決まっていった。

九割がた決まったところで、朝姫《あさき》さんはついにヨルカに水を向ける。

「有坂《ありさか》さんはどうする？」とそよ風のようなさりげない問いかけだった。

ここまでヨルカは我関せずと一切《いっさい》興味を示していなかった。迸《ほとばし》る参加意欲ゼロ感。

事前に朝姫《あさき》さんのSNSを見ていない上、ヨルカの不機嫌《ふきげん》は朝から直っていない。

話を振《ふ》るには最悪のタイミングだろう。

いつもは誰《だれ》に対しても無関心の冷めた視線を送る程度だったが、今は朝姫《あさき》さんを敵意むき出しでにらみ返している。

「えっと、そんなに恐《こわ》い顔で見られても……」

「――この顔は生まれつきなの。個人の容姿を攻撃《こうげき》するのは、どうかと思うわ」

これが冗談《じょうだん》だったら美人だけがかませる超一流《ちょういちりゅう》のギャグだが、残念ながらヨルカはマジだ。

しかも朝姫《あさき》さんクラスの美人相手に言えるのはヨルカくらいだろう。

ヨルカの声は硬《かた》く、刺々《とげとげ》しい。

そのピリピリとした空気感に賑《にぎ》やかだった教室が急に静かになる。

ヨルカは自分の影響力《えいきょうりょく》をわかっているようで全然わかっていない。

神崎《かんざき》先生は、今のところ見守るだけのつもりのようだ。

「私はただ有坂《ありさか》さんの希望にできるだけ沿う形で決められたらなって。ほんと、それだけ！」

「興味ない」

「基本は全員参加だから」

「うしろのクラス委員だって参加を渋《しぶ》ってたじゃない」

いきなり俺をダシに使ってサボろうとするな。

「俺は運営側として審判《しんぱん》がメインなの。バスケもあくまで控《ひか》え選手《せんしゅ》」と、口をはさむ。

「瀬名《せな》ぁ、バスケはサボらせねえぞ」とすかさず七村《ななむら》が面倒《めんどう》くさい茶々を入れる。

「ややこしくなるから黙《だま》っとけ！」

「――誰《だれ》が黙《だま》れ、って？」

過敏《かびん》になっているヨルカは怒《いか》りの矛先《ほこさき》を俺に向けてきた。

わー大きな目が怒《いか》りで真っ赤に燃えている。

「違《ちが》う！　有坂《ありさか》じゃなくて七村《ななむら》に言ったの！」

「レクリエーションに本気出しすぎ」

「そこは同意するよ。個人的には学校行事なんてくだらないさ。けど、思い出づくりしたい人もいる。そんで俺達もクラスの仕事をしているだけ。そこに水を差す権利は有坂《ありさか》にもないだろう」

俺はヨルカとの恋人《こいびと》関係がバレないように、クラス委員として慎重《しんちょう》に接する。

「……瀬名《せな》は味方だと思ってたのに」

ヨルカは目を伏《ふ》せ、小さく呟《つぶや》いた。

まったく、俺の彼女は美人で賢《かしこ》いのにコミュニケーションだけは苦手だ。

おまけに気が強くて、心配性《しんぱいしょう》ときた。心配しなくても俺はいつだって味方に決まっている。

俺は、持っていたチョークを置いた。

「俺が有坂《ありさか》の敵になったことなんて一度もないだろう」

目と目が合う。

そしてクラス中の視線がヨルカに集まっていたことに気づく。

みんなの表情から、なんとなく思っていることが伝わってくる。

こんなにしゃべる有坂《ありさか》さん、はじめて見た。ていうか、あんな風に怒《おこ》るんだ。ああいう有坂《ありさか》さんって美人っていうよりかわいい系。ギャップ萌《も》えッ！　つーか有坂《ありさか》さんや支倉《はせくら》さんのいるクラスになれてよかったわぁ。僕は宮内《みやうち》さん派だな。おい、今宮内《みやうち》って言ったのはどこのどいつだ⁉　有坂《ありさか》さんと堂々と話せて、クラス委員すげえな。この空気どうすんの？　エトセトラ。

弾《はじ》かれたように席を立ったヨルカはそのまま教室を出ていった。

「先生。ちょっと出てきます」

「許可します」

沈黙《ちんもく》を守っていた神崎《かんざき》先生は即答《そくとう》。

「朝姫《あさき》さんは、そのまま残りのメンバー決めておいて。有坂《ありさか》は俺が連《つ》れ戻《もど》す」

先生のお墨《すみ》付きをもらった俺も廊下《ろうか》へ飛び出した。

静かな廊下《ろうか》にヨルカの足音が響《ひび》き渡《わた》る。案外速い。俺も急いで彼女を追う。

美術準備室に向かうと思いきや階段を駆《か》け上《あ》がっていく。

足音を追いかけた先、屋上へと通じる踊《おど》り場《ば》に有坂《ありさか》ヨルカはいた。

「なんで、すぐ見つけるのよ……会いたくなかったのに」

「もしかして永遠に会いたくないとか？」

「しばらくよ。バカ」

「とりあえず安心した」と俺はゆっくりと階段を上っていく。

「どこが安心なの？」

「恋人《こいびと》のピンチにすぐ駆《か》けつけられた」

「……瀬名《せな》も、教室を出て大丈夫《だいじょうぶ》なの？　その、変に疑われなかった？」

ヨルカは、俺の行動が恋人《こいびと》を気遣《きづか》うものだと周りに思われていないかと心配していた。

「自分達で言わない限り、俺達が付き合ってるなんて誰《だれ》も思わないよ。ヨルカのご要望通り」

もはや嘆《なげ》く気も起きないほど俺達は格差カップルである。クラスメイトの目には、ご機嫌《きげん》を損《そこ》ねた美少女を職務で追いかけに行った風にしか映らない。

俺は階段に腰《こし》かける。

「座って話そう」

「話せばわかるなんて嘘《うそ》よ」とヨルカは意固地になって、踊《おど》り場《ば》の隅《すみ》から動かない。

「俺が話したいんだ。せっかくサボる口実ができたしな」

「不真面目なクラス委員」

「俺を指名した神崎《かんざき》先生が悪い」

「確かに」と俺の恋人《こいびと》は口元に微笑《びしょう》を浮《う》かべる。

緊張《きんちょう》の解けたヨルカを呼びよせるように、自分のとなりをポンポンと叩《たた》く。彼女は拳《こぶし》ふたつ分くらいの距離《きょり》を空けておずおずと座る。

──恋人《こいびと》になっても、まだ遠い。

「けど、先生には感謝もしてる」

「感謝することないってば」

「いい話なんだから素直《すなお》に聞いて」

「他の女の話は嫌《きら》い」

ようやく美術準備室にいる時のような無邪気《むじゃき》な感じが戻《もど》ってきた。

「神崎《かんざき》先生にヨルカの隠《かく》れ家《が》を教えてもらわなかったら、俺達は付き合えなかったと思う」

「そこは、瀬名《せな》が死ぬ気で告白まで辿《たど》り着《つ》きなさいってば」

「ほら。ヨルカは自分からは告白しない」

俺の言葉にヨルカは頰《ほお》を膨《ふく》らます。それくらい瀬名《せな》がしてみせろ、と大きな瞳《ひとみ》が訴《うった》えている。

「今年も球技大会はサボるのか？」

「できれば、そうしたい」

ヨルカの答えを俺は意外に思った。サボるのは決定事項《けっていじこう》ではなく、「できれば」という条件付き。これは、ヨルカなりの変化の兆候なのだろう。

「ってことは最悪出ても構わないわけだ。彼氏《かれし》冥利《みょうり》に尽《つ》きるな」

「瀬名《せな》のためじゃない！　ただ、今年はそういう気分だっただけ」

照《て》れ隠《かく》しのせいで歯切れが悪い。ほんと、こういうところがかわいらしい。自分と付き合ったことで、相手がいい意味で変わってくれるのは嬉《うれ》しいものだ。

だが、俺は心を鬼《おに》にして笑顔《えがお》を浮《う》かべるのも我慢《がまん》する。

「なのに教室で揉《も》めて、バツが悪くなって逃《に》げ出《だ》したと」

「いちいち確認《かくにん》しないでよ」

シュンとするヨルカ。サボる気なら去年と同じように適当に出場競技を決めて、当日休めばいいだけの話だ。逆に参加するなら、堂々と希望を述べればいい。

目立ちたくないのに目立ってしまう美少女。

そんな彼女がクラスメイト達の前にもかかわらず朝姫《あさき》さんと揉《も》めた理由。

「もしかしなくても俺のせい？」

ヨルカは回答拒否《かいとうきよひ》とばかりに黙《だま》りこむ。

「……有坂《ありさか》ヨルカも他の女子を警戒《けいかい》するんだな」

俺はしばし感慨《かんがい》に浸《ひた》り、ぽつりと呟《つぶや》く。

先日、茶室から出てきたあとに怒《おこ》ったのは、神崎《かんざき》先生が天敵なのと待たされたのが原因だろう。しかし今回の場合、明らかに今朝の一件が尾《お》を引いていた。

「悪い？」

「クラス委員の仕事だよ。心配しなくてもヨルカと違《ちが》って、俺はやたらモテたりしないから」

「でも気になるし、気に入らない！」

「じゃあ一生ヨルカとだけ話せばいいのか？」

「そこまでは、さすがに……」

「俺は構わないよ。それくらい、ヨルカのことが好きだ」

俺の一番はこれまでもこれからも有坂《ありさか》ヨルカ以外ありえない。

「ふぇ⁉」

階段の踊《おど》り場《ば》にヨルカの驚《おどろ》く声が反響《はんきょう》する。

「──、はぁ。そういう甘い一言で喜んじゃうんだからわたしも安い女だな」と冷静になったヨルカは困ったような笑《え》みを浮《う》かべた。

「超高嶺《ちょうたかね》の花がなに言ってんだか。もっと自信持って堂々とすりゃいいんだよ」

「無理」

「まだ俺の愛情が伝わり切ってないのか」

「そっちは、それなりに十分。だけど堂々とするのは苦手」

「人に見られるのが嫌《いや》だからか？」

以前に打ち明けてくれた有坂《ありさか》ヨルカの悩《なや》みを、再確認《さいかくにん》する。

「周りの人の褒《ほ》める理由が、わたしにはわからない。だってふつうだし、当たり前でしょう」

「ど・こ・が⁉」

俺はとんでもなく見当違《けんとうちが》いなヨルカの発言に戦慄《せんりつ》してしまう。

――ひょっとして、この子は自分自身についてとんでもない勘違《かんちが》いをしているのではないだろうか。

俺の大げさな反応に、ヨルカはきょとんとしている。

いや、大半の一般人《いっぱんじん》と前提が違《ちが》いすぎるのかもしれない。

「ヨルカ。誰と比較して、自分がふつうだと思うんだ？」

「うちの家族だけど」

「家族の集合写真とかある？」

「確かお姉ちゃんが送ってきたものがあると思うけど」とヨルカは自分のスマホを探して、家族写真を俺に見せてくれた。

「うわ、美男美女のご両親。そりゃ美人の子どもがふたりも生まれるわけだ」

絵に描《か》いたような裕福《ゆうふく》で幸せそうな家族。ご両親が娘《むすめ》ふたりを死ぬほど愛しているのが物凄《ものすご》く伝わる写真だ。どう見ても愛情いっぱいの家庭なのは疑う余地もない。

「両親に似てるのはお姉ちゃんだけだよ」

その一言で俺は地蔵のような顔で固まっていたと思う。

「な、なに？　変なことでも言った？」

誰《だれ》が見てもヨルカと大学生のお姉さんは顔つきもよく似た美人姉妹《しまい》である。

大きな違《ちが》いを語るならばお姉さんがご両親と同じく明るい笑《え》みを浮《う》かべているのに対し、ヨルカだけがどこか影《かげ》を帯びた表情をしていることだけ。

「………ぐすっ」

「なんで瀬名《せな》が泣きそうな顔するのよ」

「抱《だ》きしめていい？」

ヨルカは拳《こぶし》ふたつ分の距離《きょり》からお尻《しり》ひとつ分まで俺から離《はな》れた。

「い、いくら人目がないからって⁉」

「がんばってるやつにはごほうびが出るもんだろう。必要かと思って」

「今の会話の流れで、どうして抱《だ》きしめられることになるのよ！」

「本気でわからない？」

「な、なにが？」

ヨルカも薄々《うすうす》自分の反応がずれていることに気づいているが、素直《すなお》に認めたくないようだ。

「ヨルカの育った環境《かんきょう》は冗談《じょうだん》みたいに超《ちょう》レベルが高いご家庭なの。スタート時点からハードル激高《げきたか》、むしろできなくて当たり前。比較対象《ひかくたいしょう》がハイスペックすぎる！　劣等感《れっとうかん》を覚える必要はどこにもない！」

人は自分の育ってきた家庭環境《かていかんきょう》が基準であり、その日常《レベル》をふつうと思いがちになる。

だが、家庭ごとに当たり前の感覚は違《ちが》う。

「だって親は世界中でバリバリ働くし、お姉ちゃんも昔から色んな友達と付き合い多いのに」

「人間には向き不向きがある。社交的な一家に、大人しいヨルカが生まれたっておかしくないの！」

「でも、家族はみんな多趣味《たしゅみ》ですごく積極的なのに、わたしは自分からやりたいことなんてないし」

「行動的であることは義務じゃない。ヨルカはまだ自分のほんとうに好きなことや興味を抱《いだ》くことが見つかってないだけ。自分のペースでやればいい」

活動的な人がまぶしく見える気持ちは俺にもわかる。第一、そういうエネルギッシュな人は周囲にもわかりやすい。

だからといって、そうではない自分を責める必要もない。

性格や気質にすごく左右されるし、物静かな人でも特定の分野では物凄《ものすご》く雄弁《ゆうべん》で積極的になることもある。人間は多面的なのだ。

「勉強とかやらなきゃいけないことをやっているだけのわたしに、そんな特別な才能があるとも思えないけど」

「ふつうにやって学年一位はとれねえよ！　むしろ力まずやれて、他人よりいい結果が出せるなら立派な特技だ」

「んーでも、うちの家族はみんなできるから、胸を張ろうなんてとても思えない」

ああ言えばこう言う。

「有坂《ありさか》家基準に照らし合わせれば、他人の称賛《しょうさん》も憧《あこが》れもヨルカには響《ひび》かないわけだ」

ようやく合点《がてん》がいく。

俺の好きな女の子はその生真面目《きまじめ》な性格ゆえに、家族と同レベルに達していないことに囚《とら》われすぎていた。なまじ本人もハイスペックだから、その不自由さに無自覚なまま。人間の思いこみっていうのは強力だ。自分を支える力になることもあれば、自分を縛《しば》る枷《かせ》にもなりかねない。

「……わたしって変なの？」と当の本人はまだピンときていない。

高嶺《たかね》の花ゆえ、同世代の誰《だれ》からも指摘《してき》されることなく今日まで来た。

友達いねえもんな、コイツ。

「――かわいそうな子ではある」

「ちょっと⁉」

俺に哀《あわ》れまれたのが屈辱《くつじょく》だったらしく、いきなり襲《おそ》いかかってきた。勢いあまったヨルカはそのまま覆《おお》いかぶさる形で俺を押《お》し倒《たお》す。

一年ぶりにヨルカの顔が目と鼻の先にあった。今度は、彼女が上だ。

「……懐《なつ》かしい展開だな。このままエロいことでもするか？」

「するわけないでしょうッ！」

「残念」

「発情してんじゃないわよ」

「授業抜《ぬ》け出《だ》して、人気のないところで彼女とふたりきり。興奮するなって方が無理でしょう」

「その気もないくせに」

「――どうかな」と俺は思い切って、片腕《かたうで》を彼女の腰《こし》に回してみた。

瞬間《しゅんかん》、ヨルカはすぐに上半身を起こして俺の腕《うで》から逃《のが》れる。

ヨルカは顔を赤くしながら両腕《りょううで》で胸元《むなもと》を隠《かく》しながらも、まだ俺の上にいた。

「男に跨《また》るこの状況《じょうきょう》、見られたらどう言い訳するつもりだよ？」

「ぷ、プロレスごっことか？」

「すげーやましい意味に聞こえるんですけど」

「どうせお得意の口先でどうにかするんでしょう」

ヨルカは平静を取《と》り繕《つくろ》いながら俺からそっと離《はな》れた。

ふう。ずっと虚勢《きょせい》を張っていたが俺も滅茶苦茶《めちゃくちゃ》ドキドキしている。ふとももののもっちりした感触《かんしょく》とか凶悪《きょうあく》すぎる。お尻《しり》の位置がもうちょっと違《ちが》っていたら、かなり危《あや》うかった。

「頼《たよ》られるのは男としては嬉《うれ》しい」

「あーわたしは悪い男に騙《だま》されて告白にＯＫしちゃったのかもなぁ」

「春休みいっぱい考えてたくせに」

「というか瀬名《せな》、ここ来てからわたしのことヨルカって呼びすぎ！」

「今さらッ⁉」

「どれだけ裏表あるのよ。クラス委員の女の子とは下の名前で呼び合うし、ふたりきりになった途端《とたん》すかさずエロいことをしようとするし！」

「エロいことをするならいちいち許可とらずに襲《おそ》いかかってる」

俺は先に立ち上がる。

「けだもの！　近寄るな！　女の敵！」

「最大の味方である俺を遠ざけてもいいのかなぁ？　どうやって教室に戻《もど》るんだ？」

さすがにやらかした自覚のあるヨルカはうっと声を詰《つ》まらせる。

「けだものしか味方がいないなんて我ながら不遇《ふぐう》よね」

「贅沢《ぜいたく》言いやがって。で、どっちがいい？　自力で対処するか、俺に任せるか」

俺は右手を差し出す。

ヨルカは手を伸《の》ばしかけるも、俺の手を摑《つか》めずにいる。

「ヨールーカーぁ」

「だ、だって、手を繫《つな》いじゃうじゃないッ⁉」

「……俺ら、付き合ってるんだよな？」

「もちろんよ！」

この辺の返事は元気がいい。

「……ほれ、戻《もど》るぞ」

「嫌《いや》」

「ヨルカ、行くぞ！」

俺はヨルカの右手をとり、身体《からだ》を引き上げる。軽い。はじめて握《にぎ》った彼女の手は俺より小さくやわらかい。

「……——えっ、えぇ⁉」

「驚《おどろ》く声がでけえよ。ここ反響《はんきょう》するから」

ヨルカは唇《くちびる》を閉じて、じーっと繋《つな》がった手を見つめる。

「手、繋《つな》いじゃってる」

「右手と右手だから、これだと握手《あくしゅ》だな」

俺が手の力を抜《ぬ》こうとすると、今度はヨルカの方がぎゅっと握《にぎ》る。

「ヨルカ？」

「……、なんか離《はな》すのがもったいなくて」

「——なら、ちゃんと手を繋《つな》ごう」

俺は彼女の左手を握《にぎ》り直《なお》し、指と指を絡《から》め合《あ》う。恋人繋《こいびとつな》ぎだ。

「こっちが正解」

「手汗《てあせ》とか大丈夫《だいじょうぶ》よね⁉」

はわわわ、と慌《あわ》てながらもヨルカは手を絶対離《はな》さない。

「じゃあ離《はな》すか」

「ダメ」

「階段を下りている間だけな」

「教室に帰りたくない」

「……あと五分だけだぞ」

俺は手を繋《つな》いだまま、もう一度腰《こし》を下ろす。

となりに座ったヨルカはぴったりと身体《からだ》を寄せ、俺の肩《かた》に頭を預けてきた。

第六話　愛の囁きは敏感すぎて

ヨルカを連れて教室に戻《もど》る。

俺は凱旋《がいせん》とばかりに「逃走犯《とうそうはん》を捕《つか》まえてきました‼」と陽気な声で教室へ入った。

「ちょ、ちょっと声が大きいってばッ⁉」

慌《あわ》てるヨルカをよそに、教室は歓声《かんせい》に包まれた。賞賛を浴びながらヨルカを先に着席させて俺は悠々《ゆうゆう》と壇上《だんじょう》に戻《もど》る。

「やぁやぁ、どうもどうも。身柄確保《みがらかくほ》にはかなり手こずらされましたよ」

俺は勝利者インタビューのごとくみんなからの質問に応じながら、有坂《ありさか》ヨルカの逃走劇《とうそうげき》を笑い話にして乗り切る。

結局、球技経験のほとんどないヨルカは個人競技である卓球《たっきゅう》の出場に決まった。

卓球《たっきゅう》を選んだ理由は「日射《ひざ》しは嫌《きら》い」とのこと。

無事に二年A組全員の出場競技が決定。

この日は終礼のチャイムが鳴ると、ヨルカは脱兎《だっと》のごとく教室から出ていった。

神崎《かんざき》先生も一言注意しつつも、特にヨルカを咎《とが》めはしなかった。

自分の突発的《とっぱってき》な行動をネタに騒《さわ》いでいる今の教室の状況《じょうきょう》こそが、注目嫌《ちゅうもくぎら》いのヨルカにとってお灸《きゅう》を据《す》えることになっていたからだろう。

「ありがとう、希墨《きすみ》くん！　助かったよ」

朝姫《あさき》さんは、丸く収まったことへの感謝を言ってきた。

「まさか有坂《ありさか》さんがあんな喧嘩腰《けんかごし》になるとは思わなくて。原因わかる、希墨《きすみ》くん？」

原因はまさにその呼び方です、ビンゴ。

ヨルカを怒《おこ》らせたくないなら俺を下の名前で呼ばないように、とはさすがに言えない。

表向き、俺とヨルカはただのクラスメイト。

先ほどの追走劇はクラス委員が大金星を上げた、以上の印象をあたえてはいないはずだ。

「まぁ機嫌《きげん》が悪かったんだろ」

「ほんと、希墨《きすみ》くんが相棒でよかったよ。これからも頼《たよ》りにしてるね」

「仕事増やしたくないから、その期待はお返しします」

そりゃ朝姫《あさき》さんみたいに愛想《あいそ》よくて距離感《きょりかん》近い子に頼《たよ》られたら、男としては悪い気はしない。

が、しかしヨルカとの時間が減ることは避《さ》けねばならない。

「——ただの褒《ほ》め言葉《ことば》だよ。素直《すなお》に受け取って。返品不可です」

「じゃあお言葉だけ」

俺と朝姫《あさき》さんが立ち話をしていると、部活前の七村《ななむら》が混ざってくる。

「瀬名《せな》。今度は支倉《はせくら》ちゃんとイチャついてんのか」

「なんだ、今度はって？」

「有坂《ありさか》ちゃんを連れ帰ってくるのに、ずいぶん時間かかったからてっきりイチャついてたのかと」

「おまえが余計なこと言ったせいで有坂《ありさか》が出てったんだろう！」

俺は七村《ななむら》の腹を殴《なぐ》る。鍛《きた》えられた腹筋は硬《かた》く、俺の拳《こぶし》の方が痛い。

「スミスミの色男、やるねぇ〜」

みやちーも寄ってきて、長く余った袖《そで》で俺をパシパシはたいてくる。

「茶化さないでくれ。そうだ、みやちーにひとつ頼《たの》みごとしていい？」

「あたしに、頼《たの》みごと？」

「球技大会の日、みやちーには有坂《ありさか》と一緒《いっしょ》にいてやってほしいんだ」

「……それはクラス委員としての頼《たの》み？　それともスミスミの個人的なお願いかな？」

みやちーは小首をかしげながら、俺の顔をのぞきこむ。

「両方だ」

「わかったよぉ」

ニッコリと満面の笑《え》みを浮《う》かべて、みやちーは了承《りょうしょう》する。

「チャレンジャーだな、宮内《みやうち》は」と七村《ななむら》は、はなから他人事《ひとごと》だ。

「ななむーは女の子好きなのに、女の子のお世話は嫌《きら》いだよね」

「来る者拒《こば》まず去る者追わず、だ」

七村《ななむら》は臆面《おくめん》もなく言い放つ。

「清々《すがすが》しいまでに自分に正直だな」

「最低」

俺と朝姫《あさき》さんは、バスケ部エースの傲慢《ごうまん》さに今さらながらに呆《あき》れてしまった。

俺達から向けられる白い目を、ハッハハ、と強メンタルのモテ男、七村《ななむら》は笑い飛ばした。

◇◇◇

「さっきのなに？　獲《と》った動物を見せびらかすハンターのつもり？」

美術準備室に顔を出すと、ご立腹なヨルカが待ち構えていた。

「難攻不落《なんこうふらく》の有坂《ありさか》ヨルカのハートを射止めたって意味なら、俺は確かにハンターだな」

「ドヤるな、腹立つ」

カバンを置いて、俺も手近な椅子《いす》に座る。

「逆に考えるんだ、ヨルカ。面白《おもしろ》くしてしまえとね」

「わたし、ふざけた感じは嫌《きら》い」

「あのな、授業中に教室を抜《ぬ》け出《だ》した問題行動だぞ。ああでもしてシリアスな空気を散らさなきゃ、神崎《かんざき》先生からまともに説教くらってたかもしれないんだぞ」

俺の苦言に、ヨルカが唇《くちびる》をへの字に曲げる。

「うぅ、彼氏のくせに体制側に付くとは。裏切り者」

「不本意ながらクラス委員だからね。それでも大好きな恋人《こいびと》にはかなり便宜《べんぎ》を図《はか》ってるけど」

「……また、そうやって大好きって気軽に言うし」

「じゃあ、言葉じゃなくて男らしく行動で示せばいい？」

「調子に乗るな。そういうのはさっきしたでしょう。少しは我慢《がまん》して」

言葉は強気だが、ヨルカは照れていた。かわいい。

「気晴らしにデートでも行く？」

遊戯《ゆうぎ》施設《しせつ》で遊びながら卓球《たっきゅう》の練習をするのもいいかも。あ、でも混んでるからヨルカにはちと厳しいか。人ごみでは嫌《いや》でも目立つから気疲《きづか》れするだろう。この案は却下《きゃっか》。

「……今日は無理。そんな元気ない」

「けっこう凹《へこ》むタイプなのね」

ヨルカは思ったよりもずっとこたえていた。

「嫌《いや》なことがあると引きずるのよ。だから人付き合いは極力避《さ》けて、遠ざけて、突《つ》き放《はな》して関わらないようにしているの」

「かくして孤高《ここう》の美人優等生が出来上がったというわけか」

「コミュニケーションなんて、いっそテレパシーで済ませられないかな」

「口下手なくせに、なんでテレパシーなら上手《うま》くいくと思うんだよ？　それに頭の中が筒抜《つつぬ》けになるんだぞ」

「そんなドジ踏《ふ》まない」

「いや、俺の頭の中が。四六時中ヨルカに愛を囁《ささや》いてるのがバレる」

「――ッ」

ヨルカは反射的に自分の耳を手で隠《かく》した。

「ん？　どうした？」

「バカなこと言わないでよ！　そ、そんなのダメに決まってるんだから」

「大丈夫《だいじょうぶ》だって。他の人には聞こえないから俺達の秘密は守られる」

「わたしが迷惑《めいわく》！　……そんなことされたら生活できない。きっと、なにも手につかなくなる」

ヨルカは目を伏《ふ》せながら顔を赤くする。

想像するだけで敏感《びんかん》に反応してしまうのだからヨルカも隠《かく》し事《ごと》は下手そうだ。こういう素直《すなお》なところが愛《いと》おしい。

「紅茶淹《い》れるけど、瀬名《せな》も飲む？」とヨルカはおもむろに立ち上がる。

「ください。愛情たっぷりでよろしく」

「出涸《でが》らしでも飲んでろ！」

ヨルカが淹《い》れてくれるだけで、美味《おい》しいから問題ない」

ヨルカが用意してくれた紅茶はとてもいい香《かお》りがした。実際、彼女が持ちこんでいたのは外国産の高級銘柄《こうきゆうめいがら》だそうだ。

美味《おい》しい紅茶とマドレーヌやクッキーで一息。ふたりだけの穏《おだ》やかな放課後である。


のんびりとおやつタイムの後は、彼女の要望でゲームをすることに。

気分転換《きぶんてんかん》に遊ぶゲームは○リオカート。音量は小さめに。

「いい加減、わたしの方が上ってことを学ばせてやらないと」

ヨルカはコントローラーを握《にぎ》って、プレイ前から勝利宣言。

「やるからには負ける気はないぞ」と俺も不敵な笑《え》みを浮《う》かべる。

「負けた方は罰《ばつ》ゲームね。勝った方の言うことをひとつだけ聞くのはどう？」

「言いだしっぺが負けたら格好悪いぞ」

「勝ったわたしが命令する。それだけよ」

ビシバシと火花を散らす。

しかしテレビが小さめだから、肩《かた》を寄せるようにプレイすることになる。

「……ちょっと近いってば。もっと離《はな》れなさいよ」

「遠いと俺が画面見づらいだろう。やる前から卑怯《ひきょう》な真似《まね》するな」

「はぁ？　むしろハンデあげても余裕《よゆう》で勝つし」

キャラクターを選んで、レーススタート。

俺達の実力は互角《ごかく》。抜《ぬ》いては抜《ぬ》き返《かえ》しの激しいデッドヒートが繰《く》り広《ひろ》げられる。

「しぶといわね！」

「負《ま》けず嫌《ぎら》いめ！」

ヨルカが勝つと、次のレースは俺が勝つ。

そうやってくうちに、肩《かた》と肩《かた》がぶつかる。最初は偶然《ぐうぜん》だと思っていたが、いつまで経《た》っても
ぶつかってくる。

ヨルカ、ゲームしてると身体《からだ》も一緒《いっしょ》に動いちゃうタイプ。

本人は滅茶苦茶《めちゃくちゃ》ゲームに集中しているから気づいていない。

「ヨルカ、操作しながら身体《からだ》も動いてる。気が散る」

「え？　そんなことないってば」

「無自覚かよ。いいからじっとしててくれ」

「難癖《なんくせ》つけてくるんじゃないわよ。そんなに負けるのが恐《こわ》い？」

ヨルカは挑発的《ちょうはつてき》な笑《え》みを浮《う》かべる。

「じゃあ触《ふ》れるのは、妨害行為《ぼうがいこうい》じゃないってことだな」

レースの最中、俺は立ち上がってヨルカの背後に回りこむ。そして両脇《りょうわき》から腕《うで》を前に通して、彼女のおへそのあたりでコントローラーを構え直す。

こうすれば彼女の動きに邪魔《じゃま》もされないし、正面から画面も見える。

要するに彼女を後ろから抱《だ》きしめながら俺はゲームをプレイしていた。

「んな？　なっ、ななな、なぁ――ッ!?」

「前見ないとコースアウトするぞ」

「えっ？　あぁ、もう！」

「接触《せっしょく》は妨害《ぼうがい》じゃないってヨルカが言ったんだろう？」

俺はそのレースを余裕《よゆう》で勝利した。

「こんなの反則だってば！」

「どこが？」と開き直った俺は勝手に次のレースへと進める。

「あ、ズルい！　こんなんじゃ集中できない！」

「文句があるなら自分の位置を変えれば？」

「ぐっ……負けないんだから！」

ヨルカは身を縮めて、極力俺に触《ふ》れないようにしながらレースに集中しようとする。

「俺の尻《しり》を必死に追いかけるなんて、熱烈《ねつれつ》な愛情だな」

「変なこと言うんじゃない！」

ヨルカは恥《は》ずかしさより怒《いか》りが勝《まさ》り、持ち前の技量で俺を猛追《もうつい》。ヤバい。さすが美術準備室で腕《うで》を磨《みが》いていただけのことはある。

「怒《おこ》って強くなるとか、少年漫画《しょうねんまんが》の主人公か！」

「瀬名《せな》、許すまじ。絶対わたしが勝つ！」

的確なコース取り、アイテムを駆使《くし》して、俺の背後にピタリと張りついてくる。このままではヨルカに抜《ぬ》かれかねない。

「ヨルカ」

「黙《だま》ってて！」

俺とヨルカの勝ち星は現在同じ。

「そろそろ決着をつけよう。このレースで一位になった方が勝者だ」

「乗ったわ！」

ゲームは最終ラップに突入《とつにゅう》する。俺がこのまま一位を守り切るか、ヨルカが強いアイテムで俺を攻撃《こうげき》して追《お》い抜《ぬ》くか。

仕方がない。この手段だけは使いたくなかったが。

「ヨルカ」

慎重《しんちょう》に彼女の耳元に口を寄せて「好きだぞ」と囁《ささや》く。

ヨルカはびくりと後ろにのけ反り、弾《はず》みでコントローラーまで落とす。

その隙《すき》に俺は一気にゴールイン。

「よっしゃー！　勝った！」

「瀬名《せな》、いい加減にして！　今のは無効よ！」

勢いよく振《ふ》り返《かえ》ったヨルカが異議を申し立てる。

「そんな怒《おこ》るなって。俺はただ、この溢《あふ》れる愛を伝えただけだぞ」

「嘘《うそ》つけ！」

「ヨルカへの愛情が嘘《うそ》なはずないだろう」

「屁理屈《へりくつ》こねるな！」

「せめて精神攻撃《せいしんこうげき》と言ってくれ」

「はい！　自分で攻撃《こうげき》って認めた！　言質《げんち》とった！」

俺の腕《うで》の中で、怒《おこ》りまくるヨルカ。彼女の瞳《ひとみ》に俺の顔が映りこむくらいお互《たが》いの顔が近い。

さっき階段で手を握《にぎ》った時よりさらに肉薄《にくはく》していた。

「──……って、あ」

本人もやっと気づいたようだが文句の手前、引くに引けない。視線を忙《せわ》しなく逸《そ》らしつつもどう動いていいかわからない様子。

「ヨルカ。罰《ばつ》ゲームを決めたよ」

「ど、どんな……」

「このままキスしていい？」

「――――い」

ヨルカは即座《そくざ》に離《はな》れようとして、俺は思わず彼女の細い腕《うで》を掴《つか》む。

「待って！」

「そんなの、許可とるな。流れとか、雰囲気《ふんいき》とか色々タイミングってものがあるじゃない」

ヨルカは俺の手を振《ふ》り払《はら》い、部屋の隅《すみ》まで下がった。

「……それに、大事なファーストキスを罰《ばつ》ゲームなんかで、したくない」

ヨルカは口元を両手で隠《かく》しながら、そう呟《つぶや》いた。

「それもそうだ。悪い。楽しくて、俺も調子に乗りすぎた。ごめん」

俺もようやく冷静になる。つい焦《あせ》って、自分の気持ちばかりを優先してしまった。

「好きな気持ち、いっぱい伝えてくれるのはわたしも嬉《うれ》しいんだ。だけど安売りみたいな言い方は嫌《きら》い」

「以後、気をつけます」

「あと耳は敏感《びんかん》だからやめて！」

ヨルカは俺に注意しているつもりのようだが、自分からウィークポイントを白状したのも同然だった。

第七話　正直は恐い、けど

クラス対抗《たいこう》球技大会当日。

体育館は真ん中でネットで仕切られ、片面でバスケットボール、一方でバレーボールの熱戦が繰《く》り広《ひろ》げられている。トーナメント戦も佳境《かきょう》に入り、上位四クラスまで絞《しぼ》られてきた。

バスケの審判《しんぱん》をしていた俺は休憩《きゅうけい》に入ろうとして、卓球《たっきゅう》の試合を終えたヨルカの姿を見つけた。

「お、ちゃんと参加したみたいだな。えらいえらい。一勝くらいしたか？」

ヨルカはムスっとした表情で賑《にぎ》やかな体育館を歩いてくる。

「サーブが入らない。卓球《たっきゅう》の球が小さすぎる」

「お疲《つか》れさん。がんばったな」

「これで文句ないでしょう？　クラス委員」

「みやちーは一緒《いっしょ》じゃないのか？」

「あの子なら決勝まで残ったからまだ卓球場《たっきゅうじょう》。すごい上手だった。忍者《にんじゃ》みたいに俊敏《しゅんびん》なのよ」

ヨルカの面白《おもしろ》い感想に俺は笑いながらも、彼女の上下ジャージという格好を観察する。

「……なんか変？」

「むしろ新鮮《しんせん》でグッとくる」

俺は正直に答える。

ジャージはストレッチ素材なので身体《からだ》にぴったりとフィットしており、ヨルカのスタイルのよさが余計に際立《きわだ》つ。

胸元《むなもと》はやたら張《は》り詰《つ》めており、おしりやふとももも窮屈《きゅうくつ》そう。だけど美術準備室でゲームをした時に腕《うで》を回した腰《こし》の細さに、はっとさせられたのは内緒《ないしょ》。背丈《せたけ》に合わせたジャストサイズのジャージも、平均より遥《はる》かに恵まれたスタイルのせいでメリハリがよくわかる。

「エロい目で見るな」

思春期男子に無茶を言ってくれる。

「……瀬名《せな》はバスケの試合出るんじゃないの？」

「この後。現役《げんえき》バスケ部の多いB組相手なら確実にガチの試合になるなぁ。ずっと審判《しんぱん》やってて走《はし》り疲《つか》れてるってのに」と俺は首からぶら下げたホイッスルを示す。

「体力ないのね」

「ヨルカよりは絶対ある」

目の前で繰《く》り広《ひろ》げられているバスケの試合の残り時間はわずか、つまりもうすぐ俺の出番が来てしまう。

「スミスミ、ヨルヨル」

俺たちをすぐ見つけてくれたみやちーは、とたとたとやってくる。ジャージもオーバーサイズを買っているから、歩くたびに長い袖《そで》がふらふら揺《ゆ》れた。

「……ずいぶん仲良しになったみたいだな、ヨルヨル」と俺も真似《まね》て呼んでみる。

「宮内《みやうち》さんが勝手に呼んでくるだけよ」

「けど、いい子だろう？」

「話しやすい、とは思う」

正直かなり悩《なや》んだが、ヨルカの世話役をみやちーに頼《たの》んで正解だった。

ヨルカの交友関係を増やす最初の相手として、これ以上の適任者はやっぱり思《おも》い浮《う》かばない。

小柄《こがら》な少女の金髪《きんぱつ》とピアスに最初こそぎょっとしていたヨルカだが、みやちーのやわらかい雰囲気《ふんいき》と大らかな態度に少しずつ警戒心《けいかいしん》も薄《うす》れてきたようだ。

宮内《みやうち》ひなかもまたコミュニケーション能力の高い子だ。

技《わざ》の朝姫《あさき》さん、力のみやちーといったところか。

「みやちー、お疲《つか》れさま。決勝どうだった？」

「もちろん優勝したよぉ」

「おめでとう！　ほら、有坂《ありさか》もお祝いしろよ」

さりげなく俺の背後に下がっていたヨルカを、前に出させる。

「おめでとう」

「ありがとう！　ヨルヨルに褒《ほ》められて嬉《うれ》しいよぉ」

「有坂《ありさか》もこれくらい素直《すなお》に感情表現できればね」と俺はとなりでボソッと呟《つぶや》く。

「文句があるなら顔見るな」

「そういう攻撃的《こうげきてき》な感情だけは素直《すなお》に表に出すんだから」

「――、スミスミとヨルヨルは仲良しだね」とみやちーは第三者意見を述べる。

「気のせい！」

ヨルカは即《そく》否定する。そういう過敏《かびん》な反応が逆に怪《あや》しまれるのに。

案の定、みやちーは含《ふく》みのある視線を俺にだけ向けてくる。

ホイッスルが鳴《な》り響《ひび》き、バスケの試合が終わった。

「さて、軽くストレッチでもしますか」

俺は邪魔《じゃま》にならないように舞台《ぶたい》に上がる。

「手伝おっか？」とみやちーがいつもの調子で気楽に言うと、ヨルカがはっとした顔をした。

こういう時がいちばん困る。

みやちーにやってもらうとヨルカは嫉妬《しっと》する。ヨルカに頼《たの》んでも素直《すなお》に応じてくれるとも思えない。

「あっ。それともぉ、ヨルヨルにやってもらった方が嬉《うれ》しいのかな？」

みやちーは俺の苦悩《くのう》を見抜《みぬ》いたようなことを言ってくる。

「——み、宮内《みやうち》さん。卓球《たっきゅう》いっぱいして疲《つか》れたでしょう。わたしがマッサージしてあげる」

なんとヨルカはみやちーのケアを言い出し、自ら舞台《ぶたい》に上がる。

「じゃあ、あたしもヨルヨルをマッサージする！」

みやちーはノリノリで応じる。結局、俺はひとりでストレッチ。

「まずはヨルヨルからね！　しっかりサポートして、ぐにゃぐにゃにしちゃうぞ」

同じく舞台《ぶたい》に上がったみやちーは、手をワキワキさせてヨルカに近づく。

「わたしは別に必要ないから！」

「まぁまぁ遠慮《えんりょ》なさらず。ヨルヨル、お胸が立派だから肩《かた》こりもひどいでしょ？　楽になるよぉ」とヨルカに忍者《にんじゃ》と評された機敏《きびん》な動きで、ヨルカの背後をとり肩《かた》を揉《も》みだす。

「うっわーコリコリの凝《こ》り子《こ》さんだよ。固いねぇ」

ヨルカは声にならない声を押し殺していた。こうかはばつぐんだ。

「〜〜〜ッ、ん〜〜〜ぅ」

「ほれほれ、ここがよいのか。ここがぁ！」

みやちーは謎《なぞ》の悪代官口調で、ぐりんぐりんと肩《かた》を揉《も》みほぐしていく。

となりで俺も準備体操をはじめた。バスケ部を辞《や》めて以来、久しぶりの試合である。試合感覚は完全に鈍《にぶ》っているからシュートがまともに入るかも怪《あや》しいところだ。

七村《ななむら》は俺に容赦《ようしゃ》なくパスを回してくるに決まっているから、呑気《のんき》にカカシにもなれない。

「じゃあ次は座って前屈《ぜんくつ》ね。はい、脚《あし》を前に伸《の》ばして！」

みやちーの超絶《ちょうぜつ》テクで完全に骨抜《ほねぬ》きにされたヨルカは、されるがままの体勢をとらされる。

「うわーヨルヨル、やわらかい」

みやちーがヨルカの背中をゆっくり押すと、そのままぺったり床《ゆか》までくっついてしまった。

「意外だ。絶対硬《かた》いと思ってたのに」

「瀬名《せな》、なんか言った？」

「いえ、柔軟性《じゅうなんせい》が高くて羨《うらや》ましい限りです」

「……ヨルヨルってスミスミにはかわいい顔するね」

俺達のやりとりを観察していたみやちーは、ポロリとそんな感想を漏《も》らす。

「宮内《みやうち》さん、それは大いなる気のせいよ」

「そうかなぁ？　ちょっと特別感を感じるんだけど」とまたチラリと俺の方を見てくる。

「神崎《かんざき》先生の手先である瀬名《せな》が、いちいち邪魔《じゃま》をしてくるからよ」

ヨルカは外向けの冷淡《れいたん》な声で否定する。

「でも、去年の球技大会はヨルヨルサボってたよね。今年ちゃんと来たのは、どうして？」

「ただの暇《ひま》つぶし。ついでに瀬名《せな》が恥《はじ》をかく姿でも見ようかと思って」

「おい、こら」

これから試合に臨《のぞ》む人間に言うべき言葉じゃねえぞ。

「瀬名《せな》。出番だぞ。女子達は応援《おうえん》よろしく！」

コート上の七村《ななむら》からゼッケンを投《な》げ渡《わた》される。

「じゃあ、行ってくるわ」

「スミスミもななむーも、がんばれ。ほら、ヨルヨルも応援《おうえん》して」

みやちーはガッツポーズで送り出してくれた。

「……有坂《ありさか》。これ持ってて」

俺は脱《ぬ》いだジャージをヨルカに手渡《てわた》す。

「なんで？」

ヨルカはちょっと戸惑《とまど》っている。

「最後まで試合見ていけよ。俺が恥《はじ》をかくかどうか自分の目でしっかり確かめろ」

ゼッケンをつけた俺は試合へ向かう。

出場メンバーの実力から鑑《かんが》みて、俺達A組対強敵B組のこの準決勝が事実上の決勝となる。

注目の一戦に、グラウンドでの競技を終えた生徒達もわざわざ観戦しに体育館に集まってきた。

「「七村《ななむら》く―ん、がんばってぇ！」」

他クラス女子の黄色い声援《せいえん》に、七村《ななむら》は手を振《ふ》って応える。

「余裕《よゆう》だな。相手はバスケ部三人だぞ」

五人と五人がセンターラインで向き合って整列する。試合時間は十分間のミニゲーム形式。

普段《ふだん》はチームメイトであるB組のバスケ部の面々はここぞとばかりに、七村《ななむら》に一泡吹《ひとあわふ》かせてやると敵意満々。その敵意はバスケ部エースへの評価でもある。

対する我らA組も俺と七村《ななむら》に加えて、動けるメンバーが揃《そろ》っており戦力的には負けていない。ヤル気も十分。朝姫《あさき》さんによる頭脳的なチーム編成の賜物《たまもの》だ。

「俺らのコンビなら勝てる」

「ブランクなめんなよ。ドリブルとパスが精一杯《せいいっぱい》だ」と俺は弱気を吐露《とろ》する。

「敵さんは俺さえ抑《おさ》えれば勝てると思ってる。ディフェンスが俺に集中するから、俺を囮《おとり》にしておまえが点数を稼《かせ》げ」

「今朝の占《うらな》いで、無理な運動は怪我《けが》に繋《つな》がるから控《ひか》えましょうって言われたんだけど」

「瀬名《せな》ぁ。昔のバッシュくらい持って来いよ！」

「じゃあ上履《うわば》きの俺に無理させるな」

ハイテクのバスケットボールシューズを履《は》くバスケ部連中以外は、もちろん上履《うわば》きだ。

「有坂《ありさか》ちゃんが見てるんだろう。瀬名《せな》も活躍《かつやく》しないと、俺に全部もってかれるぞ」

「その自信家っぷり、マジで尊敬するわ」

「──去年の借り、今こそ返させろ」

「別に気にすることないのに」

試合前の緊張《きんちょう》は無駄口《むだぐち》でずいぶんほぐれた。

俺は舞台上《ぶたいじょう》を見る。俺のジャージを抱《かか》えたままのヨルカと目が合う。

「（が　ん　ば　れ）」と、口が動いた。

俺も安い男だ。

それだけで自然と力が湧《わ》いてくる。

試合がはじまった。


ジャンプボールに競《せ》り勝《か》った七村《ななむら》は、ボールを俺めがけて正確に弾《はじ》いた。

「いきなりかよ！」

受けるや否《いな》や俺はドリブルでボールを敵陣《フロントコート》に運んでいく。

予想通り七村《ななむら》には三人のディフェンスがべったり張りついており、こいつだけには点を取らせないというB組の気概《きがい》を感じる。

才能のあるやつは邪魔《じゃま》されるのが世の常だ。

残りふたりは、ゴール下に進入させないようにがっちり守りを固めていた。

そう、部活動と違《ちが》って球技大会レベルの試合ならば遠くから打たれたシュートはほとんど決まらない。

だからゴールから離《はな》れたシュートはほとんど警戒《けいかい》されることはなかった。

「——やればいいんだろ」

俺はパスを回さず、スリーポイントラインでいきなりシュートフォームに入る。

ボールの重み、指先のかかり具合、ゴールリングと自分との距離感《きょりかん》。膝《ひざ》、肘《ひじ》、最後に手首を返す。

高く弧《こ》を描《えが》いたボールはまるで吸い寄せられるかのようにゴールをすり抜《ぬ》けた。

先制のスリーポイントシュート。

体育館が一気に沸《わ》いた。

B組の選手の顔色が変わる。そりゃ君らほど上手《うま》くないし途中《とちゅう》で辞《や》めた人間だけど、俺にだってできることがあるのだ。侮《あなど》るのは勝手だが見誤ると足元をすくわれるぞ。

「ナイッシュ、瀬名《せな》」

七村《ななむら》が突《つ》き出《だ》した拳《こぶし》に、俺も拳《こぶし》を合わせた。

「まだ一本目だ。次だ、次」

「Ｆｏｏ〜〜、瀬名《せな》のストイック〜〜」と七村《ななむら》もふざけて調子に乗る。

目まぐるしく攻防《こうぼう》が入《い》れ替《か》わる試合が繰《く》り広《ひろ》げられていく。

俺達の作戦はシンプルだ。ディフェンス時は各自マンツーマンで敵を阻《はば》む。オフェンスではまず七村《ななむら》にボールを集める。攻《せ》められない時は元バスケ部である俺がスリーポイントを狙《ねら》う。外れた際は全員でリバウンド、こぼれたボールを逃《のが》さず攻撃《こうげき》の機会をできるだけ増やす。七村《ななむら》が敵のディフェンスを振《ふ》り切《き》るまではチームで素早《すばや》くパスを回す。

「瀬名《せな》くん、頼《たの》むッ！」

味方が回していたボールが再び俺の手元に来る。

俺は作戦通り、迷わずスリーポイントシュートを打つ。

再びボールがリングをすり抜《ぬ》ける。二連続の三点獲得《かくとく》。

いきなり6対0。

B組は俺のスリーポイントシュートを警戒《けいかい》する必要が出た。そうして七村《ななむら》へのディフェンスがわずかに緩《ゆる》むと、七村《ななむら》は野生の獣《けもの》のごとき自慢《じまん》のスピードで相手を引《ひ》き剝《は》がす。他の三人もチャンスを見逃《みのが》さない。フリーになった七村《ななむら》は受けたパスから、そのまま切りこんで文字通りゴールにねじこんでいく。敵が強引《ごういん》に立ちはだかろうとも持ち前の身体能力で当たり負けすることなく点数を重ねた。

逆に相手が七村《ななむら》を意識しすぎれば、今度は俺に対して手薄《てうす》になる。

回ってきたボールを、俺はひたすらスリーポイントラインの外からシュートをしていく。

インサイドの七村《ななむら》、アウトサイドの俺。

俺達A組はいい攻撃《こうげき》のリズムが生まれ、着実に点を稼《かせ》いでいった。

「居残りでスリーポイントシュートを練習していた甲斐《かい》があったな、瀬名《せな》」

「披露《ひろう》する前に退部したから、あいつら知らないもんな」

一年前、俺と七村《ななむら》は居残り練習をしながら親しくなった。

だからスリーポイントシュートという俺の隠《かく》し玉《だま》を知っているのは七村《ななむら》だけだ。

ビッグマウスな七村《ななむら》だが、実力に見合うだけの練習をしており、努力することのしんどさを誰《だれ》よりも理解している。だから下手くそな俺を決して笑わなかった。

『おまえがディフェンスを引きつけてくれれば、俺が攻めやすくなる。その逆もな』

密《ひそ》かに練習していたコンビプレー。まさか一年越《いちねんご》しに披露《ひろう》する日が来るとは思わなかった。

◇◇◇

ぜんぜん知らない一面を見た。

希墨《きすみ》は綺麗《きれい》なフォームで遠くからシュートを決めていく。

彼が放つボールは吸い寄せられるようにゴールをくぐり抜《ぬ》ける。ネットを揺《ゆ》らす小気味いい音は、満場の声援《せいえん》にかき消された。

あの冴《さ》えない希墨《きすみ》がシュートするたびに誰《だれ》もが息をのみ、決まると一斉《いっせい》に歓声《かんせい》を上げた。

「スミスミ、また決めたよ!!」

横で叫《さけ》ぶ宮内《みやうち》さんの声さえ気にならないくらい、わたしも試合に夢中になっていた。

「……瀬名《せな》が、なんでバスケ部を辞《や》めたか知ってる？」

わたしは珍《めずら》しく自分から質問を口にした。

「スミスミはね、ななむーを守るために退部したんだ」

「詳《くわ》しく教えて」

「ななむーは飛《と》び抜《ぬ》けてバスケが上手《うま》くて、よくも悪くも自分勝手な性格。ワンマンプレイも多くて、中学時代はチームメイトとも言い争いが絶えなかったんだって。高校でも一年生でいきなりレギュラー入りしたから先輩《せんぱい》とも揉《も》め事《ごと》が多くて。その度《たび》に仲裁《ちゅうさい》してたのが、スミスミなの」

「瀬名《せな》らしい」

「そう。スミスミのサポートのおかげで、ななむーもチームプレイの大切さを学んで、みんなが認めるエースになった。だけど、夏の大会前の練習試合で事件は起こった」

「事件？」

「練習試合の相手校にはななむーの中学時代のチームメイトがいたの。昔の恨《うら》みでも晴らしたかったんじゃないかな。試合中、明らかに故意のラフプレーでななむーが怪我《けが》をしてね。怒《おこ》ったスミスミが抗議《こうぎ》したら、向こうがスミスミを殴《なぐ》ってきたの」

「なにそれ、暴力なんて最低じゃない」

語られる過去の出来事に、わたしは生々しい怒《いか》りを覚えた。そして気づく。油絵が落ちてきたあの日、瀬名《せな》の口元にあった傷が殴《なぐ》られた痕《あと》であったことを。

あの日の彼は、そんな大変な事件があった直後でもいつも通りを貫《つらぬ》いていた。

「そのまま全員巻きこんだ喧嘩《けんか》騒《さわ》ぎになってさ。スミスミは一度も殴《なぐ》らなかったけど、騒《さわ》ぎの原因ってことで最終的に退部処分になった」

「おかしいでしょう！　瀬名《せな》はチームメイトのために声を上げただけじゃない！」

自分でも驚《おどろ》くほど大きな声を出してしまった。

周りの子達が一斉《いっせい》にこちらを見たけど、どうでもいい。知らぬ間に宮内《みやうち》さんを睨《にら》んでいた。

「あたしもそう思う。バスケ部全員で抗議《こうぎ》もした。神崎《かんざき》先生も庇《かば》ってくれた。だけど練習試合で観客も大勢いたせいもあって、スミスミの退部は覆《くつがえ》らなかった。今度は学校への不満でななむーも辞《や》めるとか暴れ出して、そっちを収める方が苦労したみたい」

「……なんで絶交してもおかしくないふたりが、仲良くバスケなんかしてるのよ」

コートでは瀬名《せな》と七村《ななむら》とかいう男子が見事なコンビプレイを見せていた。

「スミスミ、最後は『バスケは七村《ななむら》に託《たく》す。俺の分まで活躍《かつやく》してくれ』って。人の話を聞かないあのななむーを説得したんだから、男同士の友情って羨《うらや》ましいよね。そうやって腹を割ってスッキリ友達に戻《もど》れるんだから……」

「他人の未熟さを瀬名《せな》が補う必要なんてないのに」

わたしはそんな風に、美談として割り切れない。

要するに、優《すぐ》れた才能のために凡人《ぼんじん》が犠牲《ぎせい》になったという話だ。男気や美しい友情なんて美《び》辞麗句《じれいく》を並べ立てたところで、わたし自身は納得《なっとく》できない。

なんで他人のためにがんばった希墨が損しないといけないのよ。

「それがスミスミのよさじゃない。あたしは他人のために本気になれるって素敵《すてき》だと思うな」

「赤の他人のせいで自分が損するとかありえないわよ」

――わたしは無性《むしょう》に苛立《いらだ》っていた。

だって、その状況《じょうきょう》は今のわたしと希《き》墨《すみ》の関係にもそのまま当てはまってしまう。

「――ヨルヨルも怒《おこ》ったりするんだね」と宮内《みやうち》さんは微笑《ほほえ》む。

「瀬名《せな》の自己《じこ》犠牲《ぎせい》が気に障《さわ》っただけ。嘘《うそ》くさい」

「あたしは好きだな、スミスミのこと」

宮内《みやうち》さんは急にわけのわからないことを言った。

「正気？　あんなののどこがいいのよ？」

わたしは不自然なほど否定的な態度をとってしまう。

「大事な時にちゃんと助けられる人ってカッコいいよ」

「よりにもよって瀬名《せな》なんて趣味《しゅみ》悪いわよ。絶対やめた方がいい！」

口数が勝手に多くなる。話せば話すほど、なんだか息が苦しい。

この子も瀬名希墨《せなきすみ》という人間のよさをちゃんとわかっているのだ。

「安心してよ。スミスミを盗《と》ったりしないってば」

「盗《と》る、とか関係ないし」

これ以上宮内《みやうち》さんと話していると、ボロを出しそうで恐《こわ》かった。

体育館がひと際《きわ》大きな歓声《かんせい》に包まれる。

13対14。

シーソーゲームの末、A組はついに逆転されてしまった。一点差。残り時間は二十三秒。

「スミスミ、しんどそう。次で勝負が決まるよ」

宮内《みやうち》さんは同意を求めるように呟《つぶや》く。

汗《あせ》だくの希墨《きすみ》は膝《ひざ》に手をついて息も絶え絶えだった。

たかだかレクリエーションの球技大会だ。ブランクのある男が現役《げんえき》のバスケ部員に交じったわりには、よく活躍《かつやく》した。

希墨《きすみ》は才能がないなりにはがんばったと思う。十分に健闘《けんとう》した。

両クラスの応援合戦《おうえんがっせん》は一気に過熱する。

「希墨《きすみ》くん！　あとちょっとよ、顔上げて！　シュート決めて！」

試合途中《しあいとちゅう》で現れた支倉朝姫《はせくらあさき》が、檄《げき》を飛ばす。

「スミスミ！　ファイト！」

宮内《みやうち》さんも小さな身体《からだ》で精一杯《せいいっぱい》大きな声を出し、エールを送る。

多くの声援《せいえん》が飛《と》び交《か》う中で、わたしは我知らず立ち上がっていた。

「勝て、希墨《きすみ》————ッ!!」

わたしははじめて彼を下の名前で呼んだ。

第八話　ごほうび

ヨルカは今なんて言った？

疲《つか》れた俺の幻聴《げんちょう》ではない。その証拠《しょうこ》に、ヨルカの声を聞いたであろう生徒達が皆《みな》唖然《あぜん》とした顔をしているのだから。

高らかに声をあげた有坂《ありさか》ヨルカは周囲の視線を一身に集めていた。舞台上《ぶたいじょう》で仁王立《におうだ》ちして俺を睥睨《へいげい》している。

『勝て、希墨《きすみ》――――――ッ!!』

嘘《うそ》だろう。

あのヨルカが人前で大声を出した。

しかも俺を下の名前でついに呼んだぞ。この事実だけで俺の疲《つか》れは吹《ふ》っ飛《と》んでしまう。

周りの連中もおおむね状況《じょうきょう》がわからず戸惑《とまど》っていた。

「今の、有坂《ありさか》ヨルカ？」「やっぱり美人だな」「あんな声してたんだ？」「応援《おうえん》とかするんだ。

意外」「きすみって誰《だれ》?」

たった一声で場を支配してしまう有坂《ありさか》ヨルカは、明らかに別格の存在だと再認識《さいにんしき》する。

彼女はあんな目立つことをしてまで俺に勝てと言った。

——この世でもっとも元気の出る言葉は惚《ほ》れた女の応援《おうえん》だろう。

俺は汗《あせ》に濡《ぬ》れた髪《かみ》をかき上げて、大きく深呼吸する。

審判《しんぱん》さえも棒立ちで固まっていた。

「これで勝つしかなくなったな」

ニヤニヤした七村《ななむら》がボールを拾い上げる。

「わかってる」

「瀬名《せな》、顔赤いぞぉ」

「こんだけ走れば血行もよくなるわ!」

俺は七村《ななむら》からボールを取り上げる。他の三人はすでにフロントコートに向かっていた。

「時間がない。これがラストプレイだ! 俺がパスを出す。七村《ななむら》は一気にドリブルで運んで切りこめ。シュートまでいけなかったら、俺に戻《もど》せ。必ず決める」

「了解《りようかい》。相棒」

俺はエンドラインに立ち、ボールを七村《ななむら》にパスする。

時計が動き出す。

力強いドリブルでゴール下まで一気に切りこんでいく七村《ななむら》。

相手チームのディフェンスは三人がかりで必死に抑《おさ》えにかかった。進路を塞《ふさ》ぎ、逃《に》げ場《ば》を潰《つぶ》し、隙間《すきま》を埋《う》める。相手は、ただ時間を浪費《ろうひ》させるだけでいい。

俺もすぐにコートを駆《か》け上《あ》がる。

「スリーは打たせないッ！」

ディフェンスが俺と七村《ななむら》のパスコースに立《た》ち塞《ふさ》がる。

「それがどうした！」

左右に揺《ゆ》さぶり、俺はディフェンスを素早《すばや》く引《ひ》き剝《は》がす。

俺がフリーになった瞬間《しゅんかん》、待ってましたとばかりに七村《ななむら》はディフェンス三人に囲まれた状況《じょうきょう》から絶妙《ぜつみょう》なタイミングでパスを出す。

鋭《するど》いパスは俺の手元にぴったり届く。

俺の立ち位置はスリーポイントライン際《ぎわ》。そのままシュート体勢に入る。

残り十秒。

泡《あわ》を食った最後のディフェンスが跳《と》び上《あ》がって、シュートコースを塞《ふさ》ぐ。

「俺がスリーだけと思ったか？」

シュートフェイクを入れ、その脇《わき》をドリブルで抜《ぬ》き去《さ》る。

慌《あわ》てて横からカバーが入ってきた。

「——、ッ」

ボールを右から左、さらに右へと素早《すばや》く切り替《か》えるクロスオーバードリブル。まんまと惑《まど》わされた相手はバランスを崩《くず》して尻餅《しりもち》をつく。その脇《わき》を高速で抜《ぬ》き去《さ》って、ジャンプシュート。

空中で、身体《からだ》がわずかに横に流れる。

それでも自分の研《と》ぎ澄《す》まされた感覚を信じた。指先の繊細《せんさい》なタッチで調整。

打点の一番高い位置で、手首を返してボールを宙に放つ。

ボールは美しい弧《こ》を描《えが》いて、音もなくゴールネットに吸いこまれた。

試合終了《しあいしゅうりょう》を告げるホイッスルが響《ひび》く。

一瞬《いっしゅん》の沈黙《ちんもく》。

スコアに二点が加算され、15対14。

A組の逆転勝利だった。

だが着地の瞬間《しゅんかん》、不快な痛みが足首を襲《おそ》う。俺はそのままコートに倒《たお》れこんだ。

勝利した喜びにひたる余裕《よゆう》もなく、その場にうずくまる。歓声《かんせい》が遠い。

「痛っ。くそ、最後にカッコ悪いな」

逆転シュートは決めたが、捻挫《ねんざ》をしたようだ。やっぱり上履《うわば》きではバッシュのように上手《うま》く止まれない。占《うらな》いが当たってしまった。

みんなはハイタッチをしたり抱《だ》き合《あ》ったりして勝利を喜んでいるから、俺の異変には気づいていない。

誰《だれ》もがはしゃいでいる中、たったひとりだけ俺の方に駆《か》けてくる女子がいた。

俺の前に膝《ひざ》をつき、顔をのぞきこんできた恋人《こいびと》は、血相を変えていた。

「瀬名《せな》、大丈夫《だいじょうぶ》？　痛い？　保健室行くわよ！」

「……ヨルカ」

「どうしたの？　痛むの？」

「おまえ、意外と足も速いんだなぁ」

俺は自分の痛みも一瞬《いっしゅん》忘れて、感心してしまう。

舞台《ぶたい》を飛び降りて、まっすぐにこちらに向かってきた彼女の走りはなかなか様になっていた。

「そんなのどうでもいいでしょう！　バカ！」

「ちょっ、怪我人《けがにん》を叩《たた》くな。勝利の立役者だぞ、もっと讃《たた》えろ」

「怪我《けが》と引《ひ》き換《か》えの勝ちでしょう」

呆《あき》れるヨルカ。

「好きな女に応援《おうえん》されたら、がんばらないわけにはいかないでしょう」

「────」

このくすぐったいような空気感は落ち着かないけど嫌《いや》ではなかった。

「おーい、瀬名《せな》。イチャつくなら、手助けしない方がいいか？」

近づいてきた七村《ななむら》は明らかに勝利以外の理由でニヤニヤしていた。

「有坂《ありさか》ちゃんも足速かったねぇ」

「怪我人《けがにん》の心配がいけない？」

ヨルカの真剣《しんけん》さに気圧《けお》されて怯《ひる》んだのか、七村《ななむら》はニヤニヤ笑いを引っこめた。

「てっきり瀬名《せな》の片想《かたおも》いと思いきや……。ほれ、立てるか」

七村《ななむら》の手を借りて、俺は立ち上がる。

恐《おそ》る恐《おそ》る捻《ひね》った左足を床《ゆか》につけてみるが、やっぱり痛い。

「うん。ダメ、ばっちり捻挫《ねんざ》だわ」

「ひどいの？」

「大丈夫《だいじょうぶ》だよ、有坂《ありさか》。バスケで捻挫《ねんざ》は珍《めずら》しくないから慣れている」

ヨルカを心配させまいと俺は痛みをこらえて、無理やり笑う。

「やせ我慢《がまん》しないで。去年とは、違《ちが》うんだから……」とヨルカは怒《おこ》るのではなく、申し訳なさそうに小さく言った。

「瀬名《せな》は弱っちいからな」

「おまえみたいなフィジカルお化けと一緒《いっしょ》にすんな」

「肉体も才能だ」

「俺の青春も背負ってバスケしてるんだ。もっと活躍《かつやく》してくれなきゃ困る」

「だからチームメイトを活《い》かすプレイをしただろう。おまえとまたバスケできてよかったよ」

「希墨《きすみ》くん、よくやったわ！　ナイスシュート！　これで総合優勝は見えた」

「スミスミ、捻挫《ねんざ》ひどいの？　大丈夫《だいじょうぶ》？」

朝姫《あさき》さんやみやちー、他の連中も集まりはじめてきた。

「保健室まで担《かつ》ぐか？」

七村《ななむら》の申し出に「これから決勝だろ。おまえは必ず勝ってこい」と俺は断る。

「だな。有坂《ありさか》ちゃーん、悪いけど瀬名《せな》に付《つ》き添《そ》ってあげてくれ。他の連中は決勝の応援《おうえん》な！」

七村《ななむら》は自分の代役にヨルカを指名する。

「朝姫《あさき》さん、あとのことは任せた」

「ご苦労様。こっちのことはいいから、しっかり手当てしてきて」

「みやちーも色々ありがとう」

「おかげで楽しいものが見れたよ」

みやちーはニヒヒと白い歯を見せた。

「ほら、行くわよ」とヨルカは自分から肩《かた》を貸してくれる。

背後では、有坂《ありさか》ヨルカの一連の行動にざわつく気配があった。

あの人嫌《ひとぎら》いの超《ちょう》絶《ぜつ》美少女が汗《あせ》だくの男に自分から接近する様子は、見ていた連中の好奇心《こうきしん》をおおいに掻《か》き立《た》てたようだ。が、当の本人は俺の心配でまったく気づいていない。

「よっしゃ！　瀬名《せな》の犠牲《ぎせい》を無駄《むだ》にするな！　このまま決勝も勝つぞ！」

七村《ななむら》が自分に注目を向けさせようと、これ見よがしに叫《さけ》ぶ。

「ななむー、スミスミは死んでないよぉ」とみやちーも合いの手を入れる。

そうやって二年A組の士気をふたりは強引《ごういん》に盛り上げてくれた。こういうやたらと騒《さわ》ぐリア充《じゅう》ノリもこの時ばかりは助かる。七村《ななむら》とみやちーには俺とヨルカのことを感づかれたのかもしれない。

「……いいのか？」

廊下《ろうか》を進みながら、俺は思わず訊《たず》ねてしまう。

「油絵が落ちてきた時みたいに、怪我《けが》したあなたをひとりで送り出すのは気分悪いのよ」

「そんなこともあったな」

約一年前、美術準備室でのあの出来事によって俺達の関係は一歩進んだ。

体育館から保健室までの短い道のり。

ヨルカにわずかに体重を預けながら、俺は感慨深《かんがいぶか》い気持ちで歩いた。

◇◇◇

保健室へ着くと、養護《ようご》教諭《きょうゆ》は出払《ではら》っていた。

「わたしが手当てしてあげる。そこのベッドに座って」とヨルカが、必要なものを揃《そろ》えていく。

「手当てなんてできるのか？」

「怪我人《けがにん》はおとなしくしてて。とりあえず足首をこれで冷やして」と冷却《れいきゃく》スプレーの缶《かん》を放り投げる。

「ナイスシュート。君もスリーポイントシューターだ」

「……あんなにバスケできるなんて知らなかった」

「まぁ昔取った杵柄《きねづか》ってやつだよ」

レクリエーションの球技大会では、どうしても経験者や運動神経がいい人が目立ちやすい。特にバスケットボールは素人《しろうと》には難易度の高い競技だ。まずドリブルができないし、シュートも入りづらい。そのため経験者の数が戦力差に直結する。そんな中でバスケ部の現役が三人もいるB組相手に勝利できたのは、他の三人が真剣《しんけん》にプレイしてくれたからこそだ。そうでなければ俺も七村《ななむら》もあんなには得点できなかっただろう。

俺は靴下《くつした》を脱《ぬ》いで、腫《は》れて熱をもった左足首にスプレーを吹《ふ》きつける。

「瀬名《せな》自身が練習した賜物《たまもの》でしょう」

「ところが七村《ななむら》みたいなすごいやつとプレイしてると、どうにも努力だけじゃ太刀打《たちう》ちできないって気づくわけだよ。オンリーワンの才能は、確かにあるって」

「だから潔《いさぎよ》くバスケ部を辞《や》めたの？」

観戦している時に、みやちーにでも俺の退部理由を聞いたのだろう。

「そうだよ」

ヨルカはベッドの端《はし》に腰《こし》かけ、「冷蔵庫に保冷剤《ほれいざい》があった。こっち使って」とタオルに包んだものを左足首にそっと添《そ》えた。

「おー冷たっ」

「腫《は》れが引くまで我慢《がまん》して」

「悪いな。手当てまでさせて」

「怪我《けが》させたのはわたしのせいみたいなものだし。それに体育館から離《はな》れられて、ちょうどいいわ」

俺は今さらながら保健室でふたりきりという状況《じょうきょう》に緊張《きんちょう》していた。

いつもの美術準備室と大差ないと自己暗示をかけるが、ふたりぶんの体重がかかったベッドはわずかな動作にも小さく軋《きし》みをあげる。

「バスケ、続けていればよかったのにね」

「今も昔も後悔《こうかい》してない。辞《や》めてなければヨルカと付き合うこともなかった。これが俺の正解だ」

「――希墨《きすみ》、かっこよかったよ」

俺は目を丸くした。

聞《き》き間違《まちが》いでなければ、俺を下の名前で呼んでいる。

しかも俺のことをかっこいいって褒《ほ》めたぞ。

いや、確かにヨルカはそう言った。ほんとうは恥《は》ずかしくて逃《に》げ出《だ》したいだろうに、俺の足首を冷やしているから離《はな》れられない。彼女は首まで赤くしながら、俺から必死に顔を背《そむ》けていた。

「ヨルカってスポーツマンが好みなの？」

嬉《うれ》しさが限界突破《げんかいとっぱ》して、誤作動した脳はわけのわからない質問を口走らせた。

「はぁ？　両足捻挫《ねんざ》させて歩けなくさせるわよ！」

「嘘《うそ》、待って、ごめんなさい！　ヨルカちゃん、許して！　超嬉《ちょううれ》しいです！　愛していま
す！」

「どさくさに紛《まぎ》れて愛を囁《ささや》くな！」

「恋人《こいびと》なんだから、好きな気持ちは素直《すなお》に言葉にするぞ、俺は」

「ム～～～」

俺の好きな女の子は、やっとこちらを向いた。

「ふたりきりだからって、調子に乗りすぎ」

「愛があふれて仕方ないんだよ」

「どうせ、すぐ飽《あ》きる」

「俺が見切りの早い男なら厄介《やっかい》な片想《かたおも》いなんてしないし、一年越《いちねんご》しに告白してないよ」

「厄介《やっかい》？　わたしが面倒《めんどう》くさい女なんてわかりきったことでしょう」

ヨルカは、開き直ることで自分の強気をなんとか保とうとしていた。

「その面倒《めんどう》くさいところも含《ふく》めて、かわいいって思っちゃうんだよ」

俺は有坂《ありさか》ヨルカが好きだ。

疑いもなく、どうしようもないほど彼女に魅《ひ》かれている。

足首の痛みさえ忘れてしまうほど目の前にいる女の子に夢中だった。

この気持ちを再確認《さいかくにん》できただけで十分幸せだ。

なのに、それ以上のことが起こった。

「ヨル、カ……？」

「がんばった人には、ごほうびでしょう」

ヨルカが抱《だ》きついてきた。

幼い子どもが全身で力いっぱい大好きなぬいぐるみを抱《だ》きしめるみたいに、細い両腕《りょううで》が俺の背中に回されている。

ふたりで教室を抜《ぬ》け出《だ》したあの日、屋上への踊《おど》り場《ば》で俺が言った『がんばったやつにはごほうびが出るもんだろう』という言葉をヨルカは覚えていた。

やわらかい身体《からだ》にぴったりと密着されて、俺は固まってしまう。

心臓の鼓動《こどう》が跳《は》ね上《あ》がる。けど、それはきっと俺だけじゃない。顎《あご》の下にはヨルカの頭がある。熱い吐息《といき》を鎖骨《さこつ》のあたりに感じた。

「大胆《だいたん》だな」

「嫌《いや》なの？」

「最高すぎて、このまま死にそう」

「死んでほしくないから離《はな》れようか」

「嘘《うそ》。離《はな》れないでいて、一生」

「恋人同士《こいびとどうし》でも一生抱《だ》き合《あ》ってる人はいないと思う」

「俺は構わないけど」

俺も片手を彼女の腰元《こしもと》に添《そ》えて、より密着する。ヨルカは抵抗《ていこう》しなかった。

「怪我人《けがにん》は休んだ方がいいんじゃない？」

「これが最高の治療《ちりょう》です」

「大げさ」

「ほんとうだって」

「じゃあ、もうしばらくだけこうしてあげる」

ヨルカの強張《こわば》りもやがてとれていく。

彼女の甘い匂《にお》いに俺はどうしようもないくらいにドキドキが止まらない。

触《ふ》れ合《あ》って、熱を感じて、匂《にお》いを意識する。身体《からだ》の営みのひとつひとつがこれ以上ないくらい鮮明《せんめい》にお互《たが》いに届く。

「汗《あせ》くさくないか？」

俺は今さらなことを訊《たず》ねる。

「別に気にならない」

「実は匂《にお》いフェチとか？」

「DNA的に相性《あいしょう》のいい人は、いい匂《にお》いに感じるらしいよ」

「俺はヨルカの匂《にお》い、好きだぞ」

「希墨《きすみ》の変態」

「俺の名前やっと呼んでくれてありがとう。嬉しい」

「……たまにならね」

「今はそれでいいや」

俺の胸に顔を埋《うず》めるヨルカに、俺はそう呟《つぶや》く。

幕間二

彼のシュートする姿は綺麗《きれい》だった。

あんなに遠い距離《きょり》から放たれたボールが虹《にじ》のようなアーチを描《えが》いてゴールに吸いこまれていく。それは魔法《まほう》のように思えた。

もちろん、それが技術であり彼の努力の結晶《けっしょう》であることは知っている。

素人目《しろうとめ》には、学校の球技大会のような場で披露《ひろう》するにはもったいない実力。

公式の試合でも彼のシュートを見たかった、とわがままにも思った。

だけどがんばったからこそ彼は自分の力量を理解していたのだろう。

平凡《へいぼん》な自分よりも、優《すぐ》れた才能を守ることを当然のように選んでしまえる。

瀬名希墨《せなきすみ》にはそういう妙《みょう》な潔《いさぎよ》さがある。

自らは常に淡《あわ》い背景に徹《てっ》するような傾向《けいこう》。

影《かげ》であることに不満をもたず、誰《だれ》かの力になっても恩着せがましくしない。

その人に一番必要なことを理解しており、ごく自然にその足りない部分を補ってくれる。

相手は一段と輝《かがや》きを増し、彼という影《かげ》に目を向ける者はほとんどいない。

目立たず評価はされづらく、損な役回りだろう。
ふつうの人は積極的にやりたがらないけど、彼は無意識にその重要性を知っている。
さりげなく、多くの人を支えてきた。救ってきた。励《はげ》ましてきた。
あっさりと自分より他人を優先できるのは立派な強さだ。
何気ないやさしさは派手ではないけど、とてもありがたい。
自分もまた救われたひとりだから。
いつの間にか、胸の内で育った感情はとても大きくなっていた。
どれだけ自分の本音を無視しようとしても、視線は彼の姿を追いかける。
それだけで幸せだった。
それだけで十分だった。
その先は恐《こわ》くて、望めない。
想《おも》いを打ち明けたら、すべてが変わってしまうかもしれない。
そうやって空気のような男の子にますます夢中になっている自分にまた気づくのだ。

第九話　我が煩悩よ、鎮まりたまえ!?

放課後、ヨルカといつものファミレスへ向かう途中《とちゅう》で雨が降り出した。

雨脚《あまあし》はとても強いが、ふたりとも折《お》りたたみ傘《がさ》さえも持っていない。

「相合《あいあ》い傘《がさ》ができなくて残念ね？」

「無駄口《むだぐち》叩《たた》いてるうちに風邪《かぜ》ひくぞ」

俺達はとりあえず近くの小料理屋の軒先《のきさき》まで駆《か》け足《あし》で避難《ひなん》した。

ふたりとも制服がビショビショである。

「足首の調子はどう？」

「心配性《しんぱいしょう》だな。軽いやつだから、もうばっちりだ」

俺はその場で軽くジャンプして、完治をアピールする。

「ちょっとッ！　水滴《すいてき》が飛んでくるでしょう！」

笑いながら怒《おこ》るヨルカは俺の腕《うで》をはたく。

「タオルでも持ってればよかったな」

カバンやポケットを漁《あさ》ってみたが、ハンカチさえ見当たらない。

「だらしないわね。ハンカチくらい持ってなさいよ」とヨルカは自分のハンカチで俺の濡《ぬ》れた髪《かみ》や顔を拭《ふ》いてくる。

「俺のことはいいよ」

「濡《ぬ》れたら風邪《かぜ》ひくのは男も女も一緒《いっしょ》でしょ」

ヨルカは手を止めない。

濡《ぬ》れた髪《かみ》のヨルカはどこか艶《つや》っぽく、いつもと違《ちが》う印象にドキドキしてしまう。

あの球技大会以降、有坂《ありさか》ヨルカは少しだけ変わった。

ぎこちなさが和《やわ》らぎ、一緒《いっしょ》にいる時の距離《きょり》感《かん》も近くなった。付き合いたての頃《ころ》は俺を意識しすぎて緊張《きんちょう》している様子だったが、今は肩《かた》の力を抜《ぬ》いてふたりの時間を楽しんでいるように思えた。

同じようにクラスメイトのヨルカを見る目も変わったように感じる。

きっかけはあのバスケの試合での応援《おうえん》だ。

ヨルカが発していた近づくなオーラが、あの一件で吹《ふ》っ切《き》れたように和《やわ》らいだのが大きい。

相変わらずクラスメイトと話すことは滅多《めった》にないが、それでもみやちーが話しかければ短く応答するようにはなった。

「このあとどうしようか？」

「雨もやむ気配ないし、どっかで休んでいきたいよな」

ヨルカの問いかけに応じながら俺は思案する。

学校へ戻《もど》るにしても、駅に向かうにしても大して距離《きょり》の差はない。濡《ぬ》れたままだと身体《からだ》が冷えてしまう。四月も半ばとはいえ、雨が降れば肌寒《はだざむ》くも感じる。髪《かみ》や制服を乾《かわ》かしたいし、傘《かさ》や温かい飲み物も欲《ほ》しかった。

ふと横を見ると、なぜかヨルカが顔を異様に赤くしていた。

「——休むって、わたしをどこに連れこむ気ッ!?」

「……、違《ちが》う！　違《ちが》うからな！　純粋《じゅんすい》に休憩《きゅうけい》したいだけであって、そんなホテルとか変なとこに行きたいとかじゃないからな！」

俺は慌《あわ》てて弁明する。そんなことは一ミリも考えていなかった。

「っていうかヨルカ、ホテルとか知ってるんだな」

なんか、そういうことをやる場所だと理解していることに俺は一番動揺《どうよう》してしまった。

「瀬名《せな》のエッチ……」

「エッチなことする場所だって知ってるヨルカも同レベルだよ」

「それは、お姉ちゃんが勝手に教えてくるから！」

「ヨルカのエロ知識はお姉さんの直伝か」

「エロ知識って言うな。保健体育の一環《いっかん》」

「保健体育で習うのは主に最終段階の部分であって、前段階である恋愛《れんあい》は授業に含《ふく》まれません」

コミュニケーション能力が過剰《かじょう》に求められている時代なんだから、いっそ学校でも恋愛《れんあい》の仕方や男女のコミュニケーションのとり方をきっちり教えてほしいものだ。どうして思春期どころか、人生を左右しそうな部分に限って生徒の自主性任せなのか。自己責任、反対！

などと雑念に逃《に》げこんでみたが、俺のドキドキは容易には治まらない。

雨音だけが響《ひび》く。

ヨルカのせいで変に意識してしまい、次の言葉が思《おも》い浮《う》かばない。雨に濡《ぬ》れて寒いはずなのに、耳が妙《みょう》に熱く感じる。肩《かた》が触《ふ》れそうな距離《きょり》で俺達は沈黙《ちんもく》したままでいた。

このあとの現実的な問題と、もしかしたら、という妄想《もうそう》がグルグル頭の中で渦《うず》を巻いている。

くしゅん、というかわいらしいクシャミの音で我に返った。

「――、よしッ！」

俺は覚悟《かくご》を決めて、声を出す。

ヨルカがビクリと肩《かた》を震《ふる》わせた。

「ヨルカ」

「な、なに？」

「一緒《いっしょ》に来てくれ」

「どこに？」

「俺の家」

「え？　ええ？　家って瀬名《せな》のお家《うち》？」

「他にどこがあるんだよ」

「……いい、の？」

「うちなら気兼《きが》ねなく乾《かわ》かせるし、傘《かさ》も貸せるから」

俺は今すべきことを理路整然と述べることで、やましい意味合いを必死に拭《ぬぐ》いさろうとする。

「希墨《きすみ》がいいなら、お世話になります……」

ヨルカは小さくうなずいた。

◇◇◇

高校から徒歩《とほ》圏内《けんない》に俺の家はあった。

付き合っている以上はいずれお招きしたい気持ちはあったが、こんなに早く実現することになるとは思わなかった。

豪雨《ごうう》の中、俺の家を目指して一気に走る。

二階建ての一軒家《いっけんや》、小さな庭と駐車《ちゅうしゃ》スペースつき。

急いで玄関《げんかん》の鍵《かぎ》を開けて、家の中に入る。

「とりあえず風呂場《ふろば》に行って髪《かみ》や制服を拭《ふ》こう」と俺は靴《くつ》を脱《ぬ》いで廊下《ろうか》にあがる。

「けど、このままだと廊下《ろうか》濡《ぬ》らしちゃうし」

ヨルカは水滴《すいてき》をぽたぽた垂らしながら、家にあがるのを躊躇《ちゅうちょ》する。

「どうせ俺で濡《ぬ》れるんだから気にするな。ほれ」

俺は強引《ごういん》にヨルカの手を引く。

「お、おじゃまします！」

誰《だれ》がいるわけでもないが、ヨルカは律儀《りちぎ》に挨拶《あいさつ》をする。

濡《ぬ》れた靴下《くつした》の気持ち悪さを我慢《がまん》しながら、ふたりでそのままペタペタと廊下《ろうか》の奥へと進む。

「今バスタオルを出すか――」

俺はノックすることもなく、洗面所兼脱衣所《けんだついじょ》の扉《とびら》をがらりと開ける。

そこにいたのは風呂上《ふろあ》がりの全裸《ぜんら》の少女だった。

身長は高いが、顔つきは幼い。肉づきの薄《うす》い身体《からだ》つきで手足が棒のように細く長い。だけど女性らしい膨《ふく》らみはしっかりある。

「ゲッ⁉」

俺は慌《あわ》てて扉《とびら》を閉める。

「……希墨《きすみ》。今、誰《だれ》かいたよね？」

「き、気のせいじゃないかな」

「女の人、いたよね。裸《はだか》の」

「あれはなんというか、俺としても完全に想定外で」

俺がしどろもどろになっていると、扉《とびら》が勝手に開いた。

「なんだ、きすみくん帰ってたんだ。おかえりー」

湯上がり卵肌《たまごはだ》の少女はバスタオル一枚を巻いただけで、屈託《くったく》のない笑顔《えがお》で声をかけてくる。

「おかえりー、じゃない！　鍵《かぎ》くらい閉めておけよ！」

「アハハ。ごめん、忘れてた」

「あーもう最悪！」

俺はこの奇妙《きみよう》奇天烈《きてれつ》極《きわ》まる状況《じようきよう》をいかにスマートに説明するかを必死に考えていた。

「怒《おこ》らないでー。あ、お風呂《ふろ》空いたよ」

俺と風呂上《ふろあ》がりで鉢合《はちあ》わせても一切《いつさい》動じないこのマイペースさには辟易《へきえき》させられる。少しは慎《つつし》みというものを覚えろ。

「いいから服着ろ！　今すぐ！」

「えーお風呂《ふろ》出たばかりで暑いよぉ」

「タオル一枚でうろつくなって、いつも言ってるだろ！」

「きすみくん、今日は一段と恐《こわ》ーい」

俺がしつこく注意しても寝耳《ねみみ》に水。困ったものだ。

「──そう、そういうことなのね」

不気味に沈黙《ちんもく》を守っていたヨルカが、聞いたこともない悲しげな声でぽつりと漏《も》らす。

「どどど、どこかご納得《なっとく》されることでもあったかな？　俺、まだなんも説明してないけど！」

俺は声を引きつらせながら恐《おそ》る恐《おそ》る、恋人《こいびと》を振《ふ》り返《かえ》る。

そこに、修羅《しゅら》がいた。

「家に呼んでおいて、全裸《ぜんら》の浮気《うわき》相手《あいて》と鉢合《はちあ》わせさせるとかどういう趣味《しゅみ》してるのよ！　この変態！　最低男！　浮気者《うわきもの》！」

ヨルカは激怒《げきど》していた。

「待て待て！　誤解だ！　すべてが不慮《ふりょ》の事故だし、そもそもこいつはやましい存在じゃない！　まずは落ち着け！　話せばわかる」

「こいつ、って、ずいぶん親しげね」

「一緒《いっしょ》に住んでるんだから親しいに決まってるだろ」

「へぇ、しかも同居。だから裸《はだか》を見慣れてるってわけ？」

マズイ。声がとんでもなく冷たい。

「ヨルカが考えてるような相手じゃない！　こいつは──」

俺は全力で否定する。

「『きすみくん』なんて気やすく呼ぶ女は信用ならないわ！」

　ぶち切れたヨルカによって突如地獄《とつじょじごく》と化した瀬名《せな》家。

　明らかに朝姫《あさき》さん絡《がら》みのとばっちりだが、まったくもってヨルカは盛大《せいだい》な勘違《かんちが》いをしている。

「落ち着いて聞いてくれ！　こいつは、俺の小学生の妹なんだよ！」

「…………、へぇ」

　鼻で笑われた。

「妹。妹ね。妹かぁ」

　ヨルカは不気味に三度、同じ単語を繰《く》り返《かえ》す。

「そう、妹！　わかってくれたか？」

「言うに事欠いて、妹って。もうちょっとマシな言い訳しなさいよ！」

「ほんとだって！　こいつはリアル妹！　実妹《じつまい》！　血縁《けつえん》あり！」

「裸《はだか》見られて平然としてる妹なんているもんですか！　ずいぶんと都合がいいわね。むしろ、こういう状況《じょうきょう》に慣れてるんじゃないの」

　とんでもねぇ言いがかりだ。

「逆だ！　まだ小学四年生だから仕方ないだろう！」

「はッ、こんな発育のいい小学生なんていてたまるもんですか！」

　ヨルカは、バスタオル一枚でまだ髪《かみ》が濡《ぬ》れたままの妹を指さす。

　そりゃ第三者の目から見れば、うちの妹は高校生くらいに見えなくもない。しかも頭に血が上って、キレまくっているヨルカならなおさらだ。

「栄養過多で育ったんだよ！」

「どっちにしたって、女を連れこんだ時点でアウトよ！」

「連れこんでない！　俺の家なんだから妹も住んでるだけ！　信じろよ！」

「無理！　ふたり、全然似てないじゃない！」

「こういう兄妹《きょうだい》なの。似てなかろうが、こいつは俺のたったひとりの妹だ！」

俺とヨルカは鼻先を突《つ》き合《あ》わせんばかりに言い争う。

「ねぇねぇ、きすみくん。喧嘩《けんか》はよくないよ」と妹が俺の制服の裾《すそ》を引いてきた。

とんでもない美人が死ぬほど怒《おこ》っている状況《じょうきょう》に直面した小学四年生の妹は怯《おび》えて震《ふる》えながら、俺の背中に隠《かく》れる。

「映《えい》。大丈夫《だいじょうぶ》だよ。このお姉さんはお兄ちゃんのクラスメイトで、その、彼女だから」

俺は照れながらも妹に、有坂《ありさか》ヨルカを恋人《こいびと》として紹介《しょうかい》する。

「嘘《うそ》!?　きすみくん、彼女できたの！　しかもこんな綺麗《きれい》なお姉さん！　すごい！」

無邪気《むじゃき》な妹は目を輝《かがや》かせて、バスタオルを巻いているだけの半裸《はんら》な格好でぴょんぴょんと喜ぶ。危《あや》ういからやめなさい。

「へ、へぇ……ずいぶんと応用の利《き》く女なのね。ほんとう、反応は小学生みたい」

にわかに態度を軟化《なんか》させながらも、まだ疑いを解かないヨルカ。

俺はふいに思いついて、洗濯機《せんたくき》の中を漁《あさ》る。そして体操着を取り出す。

胸元《むなもと》には「4―2　瀬名《せな》　映《えい》」の文字が大きく書かれていた。

「これで、信じてくれたか？」

「――ごめんなさい」

ヨルカは珍《めずら》しく素直《すなお》に謝《あやま》った。

◇◇◇

希墨《きすみ》の妹である映《えい》ちゃんがあっけらかんとした子で助かった。

「きすみくんの彼女ってなんでこんな美人なの？　芸能人？　モデルさん？」

むしろ目を輝《かがや》かせて、わたしに興味をもってくれた。

正直こんな形で彼氏の身内にご挨拶《あいさつ》するなんて完全に予想外。

映《えい》ちゃんは十歳だけど、どう見ても小学四年生には見えない。上品な服を着せて、化粧《けしょう》をすれば大人と変わらない。

「最近の小学生は大人っぽいのね」とわたしが苦《くる》し紛《まぎ》れの感想を漏《も》らすと、「よりにもよってヨルカがそれを言うか」と希墨《きすみ》に呆《あき》れられた。

それから映《えい》ちゃんに勧められるがままわたしは、瀬名《せな》家のお風呂《ふろ》を借りた。

死ぬほど恥《は》ずかしい勘違《かんちが》いをしたあとに、わたしは温かいお湯で満たされた湯舟《ゆぶね》に肩《かた》まで浸《つ》かっていた。

「彼氏の家のお風呂《ふろ》でわたし、裸《はだか》になってる」

なんだか不思議な気分だった。

知らない場所で、一糸まとわぬ姿でリラックスしてしまっている。シャワーや湯舟《ゆぶね》の形も違《ちが》う。シャンプーもリンスも石鹸《せっけん》も使ったことのないメーカーのものだ。

「ここで希墨《きすみ》は毎日お風呂《ふろ》に入っているのか……」

ふいに想像して、なんだかとんでもない状況《じょうきょう》であることに気づく。

正直、妹さんがいてくれてよかった。

もしも希墨《きすみ》とふたりきりだったら、このあと一体どうなってしまうのか。

まだ、ほんの短い時間しかお湯に浸《つ》かっていないのに身体《からだ》がやけに熱い。どうしよう。お風《ふ》呂《ろ》から出て、どんな顔して希墨《きすみ》に会えばいいのだろう。おかしいな。考えるのは得意な方なのに、頭がぼうっとして上手《うま》く考えがまとまらない。

「ダメだ、のぼせちゃう」

わたしは湯舟《ゆぶね》から上がる。

いつもならもっと長湯なのに今日はとても無理だった。

「とにかく、いつも通りに。ふつうにしてればいいいの」

そう自分に念じながらも、有坂《うち》ってふつうじゃないって希墨《きすみ》に言われたことを思い出したり、思い出さなかったり。

すでにのぼせ気味なわたしの思考力は当てにならない。

浴室の扉《とびら》を開けた。

洗面所に、なぜか希墨《きすみ》がいる。

あ、緊張《きんちょう》してわたしも鍵《かぎ》をかけるのをすっかり忘れていた。

「――――」

「…………」

希墨《きすみ》の私服ってはじめて見た。なんだか新鮮《しんせん》。シンプルだけど意外と悪くない。似合ってて素敵《すてき》。もしも休日にデートすることになったら、わたしはどんな服着ようかなぁ……。

「す、すまん。妹が髪《かみ》を乾《かわ》かすのに持ってってたドライヤーを戻《もど》しにきただけなんだ。ヨルカも髪《かみ》が長いから、ドライヤーがないと不便だろ？　まさかこんなに早く風呂《ふろ》から上がると思ってなくて、その……」

言い訳をまくしたてる希墨《きすみ》はドライヤーを洗面台の横に置いて、即座《そくざ》に出ていった。

はい、わたしの現実逃避《げんじつとうひ》も終了《しゅうりょう》。では、いきます。

廊下《ろうか》に出て、しっかり洗面所の扉《とびら》を閉める。

直後、中から絹を裂《さ》くような悲鳴が響《ひび》く。

「──、いや、この状況《じょうきょう》はやっぱりマズイって」

俺はズルズルと廊下《ろうか》に座りこむ。

そりゃ鍵《かぎ》かかってないからって洗面所に入った俺も悪いよ。でもドライヤーを戻《もど》すだけだし、一瞬《いっしゅん》で終わると思うじゃん。お湯も張ってあるから入浴したら、しばらくは出てこないだろうし。そしたらヨルカが現れるなんて……。

家に好きな女の子が来ているだけでもドキドキして耐《た》えきれないのに、もうダメ押しがすごい。すごいもの見ちゃった。思わず顔を手で覆《おお》う。

見ちゃってごめん。でも、ありがとうございます。

「あ──やっぱり好き。めっちゃ好きだ。もう無理。好きでしんどい」

俺は、自分の気持ちを強く再確認《さいかくにん》する。

破壊力《はかいりょく》が桁違《けたちが》いだ。

雨に濡《ぬ》れたあたりから刺激《しげき》が強かったのに、予定外の家への招待ですでに緊張感《きんちょうかん》マックス、トドメに風呂場《ふろば》の鉢合《はちあ》わせってなんだよ、もう!

俺、ラブコメの主人公みたいじゃん!

嬉《うれ》し恥《は》ずかしハプニングが勝手に連鎖《れんさ》して恐《こわ》い。なんか運とか寿命《じゅみょう》とか大事なものを激しく消費している気がする。

「きすみくん？　廊下《ろうか》でなにしてるのぉ？　ひとりでいないいないばあっ？」

無邪気《むじゃき》な妹が様子を見にやってくる。

「マイシスターよ、おまえはなぜ俺をお兄ちゃんと呼ばないのだ？」

「えー映《えい》、英語わかんない」

我が妹は身体《からだ》の発育ほど賢《かしこ》くないようだった。

「これからは俺を、お兄ちゃんと呼んでくれないか？」

「きすみくんはきすみくんだよ」

十歳の妹が、こちらの心中を正しく察してくれるとは限らない。

「……そうだよな。映《えい》も映《えい》だよな」と俺は妹の頭を撫《な》でる。

いろいろあったが、まぁ映《えい》が家にいてくれて助かった。

正直ヨルカとふたりきりでは一体どうなっていたことだろうか。

「ところできすみくん、今日の夕ご飯は？」

「夕飯なら母さんに聞いてくれ」

「今日はママもパパもいないよ。おじいちゃん家《ち》に行くって言ってたじゃん。泊《と》まりだから、夕ご飯はきすみくんに任せたって」

すっかり忘れてた!!　今晩うちの両親は帰らんのか。あっぶねー、マジであぶねー。

彼女を家に招いておいて「今日、両親は帰らないんだ」っていうのはラブコメではよくあるストーリー。そんなベタな展開が俺にも迫《せま》っていたとは。

無理、ドキドキで心臓が潰《つぶ》れちゃう。リアルに緊張《きんちょう》で死ぬ。

外はすごい雨だし、なんやかんやあったらお泊《と》まりコースになりかねん。

俺も興味はあれど理性の方が勝《まさ》る。さすがに、まだ早い。

だが、さっきダイレクトで見たせいで妄想《もうそう》が一段と生々しくなってしまう。

いざとなっても備えの用意もない。そうなったらコンビニへ買いに行けと？

……いや、行くな。きっと行ってしまう。

「映《えい》。いいか、今日親が帰らないことはヨルカ——あのお姉ちゃんには内緒《ないしょ》だぞ。俺との約束だ」

「きすみくん、なんだか顔が恐《こわ》いよ」

「お願いだから黙《だま》っててくれ」

「よくわかんないけどハーゲンダッツ買ってくれるならいいよ」

「ちっ。それで手を打とう」

畜生《ちくしょう》、小学生のくせに舌だけは肥えやがって。

リビングでお茶菓子《ちゃがし》を用意し終わったところで、ヨルカがやってくる。

「着替《きが》え、大丈夫《だいじょうぶ》か？」

俺は平静を装《よそお》いながら、あくまで客人を迎《むか》え入《い》れたホスト役に徹《てっ》する。

「うん。ちょっと大きいけど」

ヨルカは俺のロンTとハーフパンツを着ていた。

襟《えり》ぐりにはかなり余裕《よゆう》があり、鎖骨《さこつ》まで見えていた。だが、驚《おどろ》くべきことに胸元《むなもと》はパッツパッだった。そりゃあのサイズ感なら男物の服でも窮屈《きゅうくつ》になるか。ハーフパンツもお尻《しり》にはあまり余裕《よゆう》がなさそうだ。

制服の上からでもスタイルのよさは察していたが、今となっては圧倒的《あっとうてき》ボリュームの存在感がより具体的に思《おも》い浮《う》かぶ。

——我が煩悩《ぼんのう》よ、鎮《しず》まりたまえ⁉

長すぎる袖《そで》から出た手とかもかわええ。あれって俺の服だぜ。

なんで女子が男物の服着ると、それだけで魅力的《みりょくてき》に見えちゃうの？

俺の生活空間に恋人《こいびと》がいるという非日常感。もう胸がいっぱいである。

「きすみくん、映《えい》の紅茶にはお砂糖三つね」

映《えい》はいつものごとく俺にやらせる。年《とし》の差《さ》兄妹《きょうだい》ゆえに映《えい》が小さい頃《ころ》から面倒《めんどう》をみていたせいで、我が妹はすっかり甘《あま》えん坊《ぼう》に育ってしまった。

まぁいい。今日は文句を言うのは止《よ》そう。

映《えい》にはヨルカの相手をしてもらわねばならない。

「ほれ、やけどするなよ?」と妹の前に紅茶を置く。

「きすみくんは飲まないの?」

「俺は、ほら。夕飯の用意をしないといけないから」

「えー三人でおしゃべりしようよ」

「映《えい》がお腹空《なかす》いたって言ってるからだろう。夕飯遅《おそ》くなるのは我慢《がまん》できるのか?」

「じゃあピザとか頼《たの》もうよ!」

「映《えい》がおごってくれるなら構わないぞ。お年玉で払《はら》うか?」

「ダメ!　きすみくんがおごって」

アルバイトもしていない高校生の懐事情《ふところじじょう》なんてたかが知れている。ピザなんて自腹で注文する食べ物ではない。

「贅沢《ぜいたく》を言うでない」

「ケチ!」

このでっかい妹、駄々《だだ》だけは年相応の小学生レベルだ。

「ふたりは仲良しなんだね」と、ヨルカは俺達兄妹《きょうだい》のやりとりを楽しげに眺《なが》めていた。

「お風呂《ふろ》借りたし、わたしが出そうか?」

「やった！　ヨルカちゃん、やさしい！」

「ダメ！　お客様にそんな真似《まね》はさせられないし、コイツの教育にもよくないッ！」

俺は却下《きやっか》する。

「意外と厳しいお兄ちゃんだね」

「いつもあんな感じだよ」

「えーひどい」

「でしょう」

ヨルカと映《えい》は顔を突《つ》き合《あ》わせ、ひそひそとおしゃべりする。

「おい、そこで結託《けつたく》するな。俺の立場が危《あや》うくなるだろう」

なんか、このふたりが繋《つな》がってしまうと俺にとって非常に不都合な気がする。

とはいえ思った以上に、ふたりが上手《うま》くやっているのは意外だ。

「映《えい》に対してはヨルカの人見知りは発揮されないんだな」

「それはだって」

ヨルカはじっと映《えい》の顔を見る。

「……希墨《きすみ》の妹だから、仲良くなりたいもん」

それから俺の方を見た。

「ぜひコミュニケーションのトレーニングにでも活用してくれ」

俺は夕飯のメニューを考えるふりをして、彼女達に背を向けて冷蔵庫を開けた。

もちろんニヤける口元を見られないためだ。

え、今の台詞《せりふ》って俺との将来を考えているとか？　ゆくゆくは瀬名《せな》ヨルカになっちゃう的な？

気の早い妄想《もうそう》が頭の中で止まらない。

先走りすぎるな、瀬名希墨《せなきすみ》。これ以上段階をすっ飛ばしてどうする。

「いつまで冷蔵庫開けっ放しにしてるのよ」と突然《とつぜん》耳元でヨルカの声がした。

気づけばヨルカが横にいる。

「あ、ひき肉があるね。わたしがハンバーグでも作ろうか？」

「いいのか？」

「どうせ家に帰っても自分でご飯作るし、今日のお礼にね。やらせて」

「それじゃあ、まぁ迷惑《めいわく》でなければ、任せる」

「うん。任せて」

俺はやる気満々のヨルカにエプロンを手渡《てわた》した。

第十話　夜の向こうへ

「「ごちそうさまでした!!」」

俺達兄妹《きょうだい》は、ヨルカお手製ハンバーグの美味《うま》さにすっかり満足した。

ハンバーグには目玉焼きまで載っていた。ごはんとみそ汁《しる》、彩《いろど》りまで考えられた野菜の付け合わせとしてにんじんのグラッセやポテトサラダまであり、栄養バランスもバッチリだった。

ありあわせの材料でこんなに美味《おい》しく作るのだから、ヨルカの料理の腕《うで》は感動するほど素晴《すば》らしかった。

「お粗末様《そまつさま》でした」

俺達が綺麗《きれい》に平らげた皿を見て、ヨルカも満足げに微笑《ほほえ》む。

「後片付けは俺がやるから、ヨルカは休んでてくれ」

俺は洗い物を流し台に運ぶ。

「気にしないで。お皿洗いも別に嫌《きら》いじゃないから」

「料理ではなんの役にも立たなかったんだから、せめてこれくらいやらせろよ」

「それなら、ふたりでやりましょう」と、ヨルカもキッチンにやってくる。

エプロン姿に髪《かみ》をポニーテールに束ねたヨルカがとなりに立つ。

「わたしが洗うから、希墨《きすみ》は拭《ふ》いて」

「了解《りょうかい》」

「……なんだか、いつもと逆ね」

「なにが？」

「わたしがクラス委員に指示を出してる」

「意外と家庭的なのがよくわかったよ」

「家事が好きなのよ。綺麗《きれい》になると気分いいじゃない」

「レシピも見ずにパッパと作れるあたり手慣れているよな」

「あんなものは慣れよ。家庭料理なんて何度か作れば覚えるし」

「はぁー有坂《ありさか》ヨルカに弱点はないのかねぇ」

わかってはいたが俺の彼女は、なんでもできてしまう。

「……いつも人の弱点ばかり攻《せ》めている男がどの口で言うのよ」

「俺が？　どこをさ？」

ヨルカの耳に吐息《といき》がかかる距離《きょり》で話すのは一応我慢《がまん》しているぞ。

「恋愛《れんあい》」

ヨルカはわずかに顔を逸《そ》らす。ポニーテールの尻尾《しっぽ》が躍《おど》り、彼女の白いうなじが目についた。

「ねぇねぇ、きすみくんとヨルカちゃんは結婚《けっこん》するの？」

そこに我が妹が突然《とつぜん》、剛速球《ごうそっきゅう》のような言葉をぶん投げてきた。

「なぁ——、アッ⁉」

動揺《どうよう》したヨルカの手から皿がすっぽ抜《ぬ》けて、宙を舞《ま》う。

俺は咄嗟《とっさ》に反応し、床《ゆか》に落ちる寸前になんとか皿を摑《つか》んだ。

「ナイスキャッチ！　さすがきすみくん」

「映《えい》。変なことを言うんじゃない。俺達、まだ高校生だぞ！」

「お嫁《よめ》さん。わたしが、希墨《きすみ》のお嫁《よめ》さん……キャッ」

ヨルカは未来予想図を妄想《もうそう》しながら顔を赤らめる。

「でもヨルカちゃんがお姉ちゃんになったら、映《えい》はすごく嬉《うれ》しいよ！　毎日美味《おい》しいご飯も食べれるし」

「わ、わたしが映《えい》ちゃんのお義姉《ねえ》ちゃんッ⁉　義妹《いもうと》ができるの⁉」

となりでは世紀の大発見をしたとばかりに興奮していた。

「たとえ結婚《けっこん》したとしても、おまえと一緒《いっしょ》には暮らさないぞ」

というか新婚夫婦《しんこんふうふ》の家にナチュラルに寄生しようとするなマイシスター。イチャつきづらい。

「えーズルい！　映《えい》もヨルカちゃんと住みたーい！」

「わがまま言うんじゃありません」

「きすみくん、そんなにヨルカちゃんを独《ひと》り占《じ》めしたいの？」

妹の無邪気《むじゃき》な問いかけ。

答えはもちろん決まっている。

「あぁ。ヨルカは俺だけの彼女だからな。他の誰《だれ》にも渡《わた》す気はない」

「きききき、希墨《きすみ》ッ。それってぷ、プロ、プロポー……ッ」

ヨルカは痙攣《けいれん》しているみたいに、まともに言葉を発することができずにいた。

「むぅ、そうだ！　ヨルカちゃん、今日泊《と》まっていってよ！　三人で一緒《いっしょ》に寝《ね》よう！」

「「はい⁇」」

「そうしよう！　それがいいよ！　わーい！」

「勝手に決めるな！」

妹の暴走を俺は慌《あわ》てて止めにかかる。

「雨まだひどいし、ヨルカちゃん帰るの大変だよ。それに今日ママもパパもいないし」

「えっ？」「あ、バカ」

両親不在を黙《だま》っておく約束をしたのに、あっさりバラす妹。これだから義務教育課程のお子様はッ⁉

ヨルカも先ほどまでの浮《う》かれた様子から一転して、ぎこちなくなる。

「すまん。俺も映《えい》に教えてもらうまで忘れてたんだ。別に隠《かく》しておくつもりじゃなかった」

「あ、うん……そう、なんだ」

「あれだろう。ヨルカも家族が心配するだろうから外泊《がいはく》なんて無理だもんな」

俺は極《きわ》めて現実的な理由でもって、妹の思いつきを却下《きゃっか》しようとする。

だってひとつ屋根の下に、好きな子がいるとか絶対寝《ね》れないじゃん！

「……えっと、うちの両親はふたりとも今アメリカに長期出張中だから気にしないで。お姉ちゃんもいつも通り大学の研究室に泊まりだから大丈夫《だいじょうぶ》、だよ」

素直《すなお》ッ！　うちの彼女は驚《おどろ》くほどに正直だった。断らないの？　え、そこは避《さ》けても文句は言わないよ。

「わーい、決まりだね！　楽しみ！」

大喜びする妹を尻目《しりめ》に、俺はヨルカの本心を探《さぐ》る。

「いいのか、ほんとうに？」

「せっかくお風呂《ふろ》まで入ったのに、また濡《ぬ》れて帰るのは嫌《いや》だし。うん、だから……そういうこと」

ヨルカの口からNOの二文字は出てこなかった。

誰《だれ》か、俺に予備の心臓をください。そろそろ爆発《ばくはつ》しそうです。

◇◇◇

妹が三人で一緒《いっしょ》に寝《ね》ようと頑《がん》として主張を曲げなかったため、俺は客間である和室に三人分の布団《ふとん》を敷《し》いた。手伝いを申し出たヨルカには、妹の相手を押しつける。

その後、俺もようやく風呂《ふろ》に入りながら頭を冷やす。

冷静になってみれば三人で寝《ね》るのである。

別にふたりきり、というわけではない。

川の字になって、少し夜ふかししておしゃべりをしながら親交を深める。それ以上でもそれ以下でもない。寝《ね》てしまえば朝が来る。

「たった、それだけのことじゃないか！　アハハ！」

俺はそんな前向きで平和的な言葉を声に出しながら——シャワーで冷水を浴び続けた。

煩悩退散《ぼんのうたいさん》ッ！


身体《からだ》の芯《しん》までキンキンに冷えたところで、リビングに戻《もど》るとヨルカと映《えい》はふたりでテレビのバラエティー番組を見ていた。

「すっかり仲良しだな」

「ヨルカちゃんやさしいもん」

妹はヨルカにべったり抱《だ》きついて離《はな》れない。くそ、女子小学生は遠慮《えんりょ》がないな。

「映《えい》ちゃんに妬《や》いてるの？」

俺の恋人《こいびと》は見透《みす》かしたようにからかう。

「そいつ、抱き癖《ぐせ》があるんだよ。子泣きじじいみたいに離《はな》れないから覚悟《かくご》しておけ」

「女の子ならふつうじゃない。わたしだってぬいぐるみに抱《だ》きつくことくらいあるわよ」

「ぬいぐるみだけか？」

「──ッ。あの時はごほうびだから！　特別！」

保健室でのハグを思い出したヨルカは反論する。

「次は、いつかなぁ～」

売り言葉に買い言葉。

内心の動揺《どうよう》をさとられまいと精一杯《せいいっぱい》強がりながら、ソファーの端《はし》に座った。

日常的にテレビを見ないというヨルカに、映《えい》があれこれ説明をしている。

かしましいふたりの会話を横で聞きながら、こんなに口数の多いヨルカははじめてであることに気づく。

クラスにいる時の近寄りがたい冷たさはなく、妹に対してはやさしいお姉さんとして接していた。無理をしている気配はない。ごく自然な態度で、ぎこちなさはない。

「ヨルカ。映《えい》の無駄話《むだばなし》に疲《つか》れたら無視して構わないからな」

「映《えい》ちゃん、おしゃべり上手だから楽しいよ」

「えへへ。ほめられた」と得意げになる小学四年生。

「ただのお世辞を真に受けおって」

本人には聞こえないように俺は小さく呟《つぶや》く。

「希墨《きすみ》。映《えい》ちゃんに時々冷たくない？」

「兄妹《きょうだい》なんて、そんなもんだよ。ヨルカだってお姉さんとはいつも仲良しってわけじゃないだろ？」

「うちのお姉ちゃんは気まぐれだから。気が向いた時に構ってくるだけ。だから、映《えい》ちゃんがちょっと羨《うらや》ましいかも」

「羨《うらや》ましい？」

「うん。なんだかんだ言って、希墨《きすみ》がいつも相手してるじゃない。意地悪な時はあっても無視することは絶対にないし。今日遊びに来て、希墨《きすみ》が他人の世話が得意なのも納得《なっとく》した」

「七つも歳《とし》が離《はな》れているからな。目を離《はな》したらなにをするかわからないし、親が四六時中ついてるわけでもなかったから自然と世話せざるをえないのよ。もう癖《くせ》だな」

「とにかく、希墨《きすみ》はいいお兄ちゃんだよ」

ヨルカはしみじみと褒《ほ》めてくれた。

「ありがとう。今日は俺のこと希墨《きすみ》ってよく呼んでくれるな」

「……そういえば、そうね」

無自覚かよ。

「ここだとけっこうリラックスしてるのかも。映《えい》ちゃんのおかげかな」

いつの間にかテレビに夢中な妹はヨルカの言葉が耳に入っていない。

「わたし、夜はひとりですごすことが多いから、こういう賑《にぎ》やかなのは新鮮《しんせん》」

「賑《にぎ》やかなのは嫌《きら》いじゃなかったっけ？」

「これなら好き」

「なぁヨルカ。暇《ひま》な時にいつでも遊びに来てくれてもいいんだぞ」

「……ほんとうに？」

「大してお構いはできないけど映《えい》も懐《なつ》いてるし、俺だってヨルカと一緒《いっしょ》にいるのは楽しいから
──」

言い終わる前に、ヨルカが俺の手を握《にぎ》った。

俺も黙《だま》って握《にぎ》り返《かえ》す。

窓の外では雨が今もまだ降り続いていた。

◇◇◇

小学生の就寝時間《しゅうしんじかん》は早い。

四年生にもなって夜ふかしとは無縁《むえん》の健康優良児である我が妹は、時計の針が九時を回った頃《ころ》には睡魔《すいま》がやってくる。

「映《えい》。寝《ね》る前に歯磨《はみが》きな。ちゃんと丁寧《ていねい》に磨《みが》くんだぞ」

「はーい」

眠《ねむ》そうな声で返事をする妹を洗面所まで連れていく。

「ヨルカはこれ、使ってくれ」と予備の歯ブラシをとなりにいる彼女に渡《わた》す。

「ありがとう」

なぜか三人並んで歯磨《はみが》きをする。

客間に移動し、三人分の布団《ふとん》が並んだ白い海のど真ん中に映《えい》は飛びこむ。

「映《えい》が真ん中ッ！」

「暴れんな。ホコリが立つ」

「ぶぅー。枕投《まくらな》げしようよぉ」と映《えい》は不満げだ。

「そういうのは移動教室とか修学旅行で同級生とやれ。高校生は付き合いません」

掛《か》け布団《ぶとん》を被《かぶ》せて、大人しくさせる。

「ヨルカは奥で。俺は入り口側でいいから。困ったことがあれば遠慮《えんりょ》せず起こしてくれ」

「わかった」

「よし。じゃあ、電気消すぞ」

客間の明かりが落ちる。

俺もさっさと布団《ふとん》にもぐり、ようやく全身から力を抜《ぬ》く。

映《えい》とヨルカはさっそくヒソヒソ話をしていた。

となりのガールズトークを邪魔《じゃま》するほど俺も野暮《やぼ》ではない。

やわらかい布団《ふとん》に身を横たえた途端《とたん》、緊張《きんちょう》の糸が切れて一気に眠気《ねむけ》がやってくる。葛藤《かっとう》しすぎて精神的にも疲《つか》れていたのだろう。

これはありがたい。

妹が防波堤《ぼうはてい》になってくれてるし、寝《ね》ている間は不埒《ふらち》なことを考えなくて済む。

俺は穏《おだ》やかな気持ちに身を委ねて、あっという間に眠《ねむ》りについた。


わたしが話しているうちに、映《えい》ちゃんは眠《ねむ》ってしまった。

奥では希墨《きすみ》も早々に寝《ね》てしまったようだ。

起きているのはわたしだけ。

「なんだか、すごい一日になっちゃったな」

帰ろうと思えば帰宅することはできた。だけど、わたしは泊《と》まることを選んだ。

我ながら大胆《だいたん》な決断だった。

明らかに段階をいくつか飛ばして、わたしは彼氏の家にお泊《と》まりしている。

希墨《きすみ》と付き合うようになって、わたしはこんなことばかりだ。自分ひとりでは絶対にできないことを、あっさりやり遂《と》げてしまう。恐《こわ》いけど希墨《きすみ》が一緒《いっしょ》なら勇気がわく。

「料理を喜んでもらえて、よかった」

手料理を家族以外に振《ふ》る舞《ま》うのははじめてで、実はとても緊張《きんちょう》した。だから希墨《きすみ》も映《えい》ちゃんも美味《おい》しそうに食べているのを見てすごく嬉《うれ》しかった。

お互《たが》いに遠慮《えんりょ》がなく、それでいて深い愛情で結ばれている兄妹《きょうだい》。

あんなに頼《たよ》りになるお兄ちゃんがいる映《えい》ちゃんは恵《めぐ》まれていると思う。

「嫉妬《しっと》していたのはわたしの方か」

かわいい寝顔《ねがお》で眠《ねむ》っている彼の妹は、毎日のように瀬名希墨《せなきすみ》に甘えることができる。

「いいなぁ」

彼氏の妹に憧《あこが》れるなんて、わたしもなかなかに重症《じゅうしょう》だ。

好きだとは思っていたけど、わたしは自覚している以上に希墨《きすみ》のことが好きらしい。

こんなにも他人に好意を抱《いだ》くのははじめてだから、この感情をどう扱《あつか》えばいいのか。

彼を求める気持ちと恥《は》ずかしさ、安心感や嫉妬《しっと》が混ざり合って、わたしはいつだって不安定だ。

——もしも希墨《きすみ》がいなくなってしまったら、わたしはどうなってしまうのだろう。

「重たい、女」

自嘲《じちょう》して自分の気持ちにブレーキをかけようとする。

だというのに胸に去来する今日の出来事はわたしの気持ちを加速させるばかりだ。

他人との関わりをずっと避《さ》けてきた。

自分以外の存在はみんな敵で、ストレスをあたえる異物で、煩《わずら》わしくて面倒《めんどう》なものだった。

なのに瀬名希墨《せなきすみ》という男の子に告白されて、わたしはどうしても断ることができなかった。

希墨《きすみ》と恋人《こいびと》としての時間が増えるほどに、わたしは彼を失った時のことをふと考えてしまう。

わたしは、甘えるのが恐《こわ》いのだ。

高校生の恋愛《れんあい》が一生続くとは思えない。これ以上傷つくのが恐《こわ》いから深みにハマりたくない。

もしも彼の愛が冷めてしまった時、わたしはどうなるのか。

「眠《ねむ》れないよ、希墨《きすみ》」

恋人《こいびと》の家にいる嬉《うれ》しさと未来への不安は、いつまで経《た》ってもわたしを寝《ね》かせてくれない。

映《えい》ちゃんを隔《へだ》てた向こうでわたしの好きな人はもう眠《ねむ》っている。

ずるいな。こっちの気も知らないで。

だから、これは眠《ねむ》れない夜のほんの出来心だった。

わたしは音も立てず、自分の布団《ふとん》から抜《ぬ》け出《だ》す。

足音を殺して、そっと希墨《きすみ》の寝《ね》ているところまで移動する。

しゃがんで彼の寝顔《ねがお》を見た。ぐっすりと眠《ねむ》っていた。

わたしはそっと彼の布団《ふとん》に潜《もぐ》りこむ。そして恐《おそ》る恐《おそ》る彼の腕《うで》に触《ふ》れ、身を預けていく。

全身で感じる彼の体温や匂《にお》いにひどく安心で、幸せで。

この時間が永遠に続けばいいと願いながら、至福の心地《ここち》に溶《と》けていくように目を閉じた。

◇◇◇

寝《ね》る時間が早ければ、起きる時間も早くなる。

俺はやけにやわらかくて温かい感触《かんしょく》をそばに感じていた。

右腕《みぎうで》を動かそうとしたら、ふにょんとした心地《ここち》よい弾力《だんりょく》に阻《はば》まれる。

「なんだぁ……？」

寝《ね》ぼけた頭で自分の右側を見る。

ヨルカの寝顔《ねがお》がすぐそこにあった。

「――――え、なん、で」

声を殺して、驚《おどろ》く。

ヨルカは映《えい》の向こうで寝《ね》ていたはずだ。どうして俺の真横にいるんだ。これは夢か。そう疑いながらも、確かに耳元ですこやかな寝息《ねいき》が聞こえる。

俺の横にぴったり張りついて、ヨルカは気持ちよさそうに熟睡《じゅくすい》していた。

下手に動いて、起こしたらマズイ。慎重《しんちょう》に首だけ動かして妹の方を見る。

寝相《ねぞう》がひどいから、映《えい》はいつの間にかヨルカの布団《ふとん》を占領《せんりょう》していた。

夜中にトイレに起きて寝《ね》ぼけたまま俺の布団《ふとん》に潜《もぐ》りこんだのか。

まさかヨルカが自分の意思で俺の布団《ふとん》に入ってきたとは思えない。

「幸せそうな顔しやがって」

この最高の時間をできるだけ長く感じていたい、と俺は思った。かすかに触《ふ》れているヨルカの肌《はだ》は温かい。家《うち》のシャンプーを使ったにもかかわらず、不思議といい匂《にお》いがする。

すると、ヨルカは俺を抱《だ》き枕《まくら》にするがごとく全身で絡《から》みついてきた。

彼女の細い腕が俺の胸板に、やわらかい脚《あし》が下半身のあたりにしっかり載っている。

今抜《ぬ》け出《だ》そうとすれば、確実に目を覚ますだろう。かといって、この状況《じょうきょう》は高校生男子には大変刺激《しげき》が強い。視線を落とせば、緩《ゆる》い襟元《えりもと》から彼女の胸の深い谷間がしっかり見えるし。

わー身体《からだ》の自由を奪《うば》われているのに、こんなに幸せな気持ちになることって他にあるだろうか？　と思わず悟《さと》りを啓《ひら》いてしまいそうになる。

雨は夜のうちにすっかり止《や》んでおり、障子《しょうじ》越《ご》しの光からまだ早朝であることを察した。

今さら二度寝《にどね》できるほど俺の胆力《たんりょく》も太くない。

美女に添《そ》い寝《ね》されるという夢のような状況《じょうきょう》。興奮と緊張《きんちょう》で寝起《ねお》きのまどろみからはとっくに覚めていた。

「うぅん」

と、さらに反対側で寝返《ねがえ》りを打った妹が俺の真横までやってきた。

待て。いくら寝相《ねぞう》が悪いにしても布団《ふとん》二枚分を越《こ》えてくるとか、どんだけなんだよマイシスター。しかも映《えい》はコアラのごとく俺の腕《うで》にしがみつく。

完全に詰《つ》んだ。

恋人《こいびと》と妹にサンドウィッチされた俺はもはや脱出不可能《だっしゅつふかのう》になった。

忍耐《にんたい》の時間が三時間ほど経過した頃一瞬《ころいっしゅん》だけヨルカが目を覚ました。

もうなるようになれ、と諦《あきら》めの境地で脱力《だつりょく》した俺の顔を寝《ね》ぼけ眼《まなこ》でぼんやりと見つめるヨルカ。

「あぁ、きすみがいるぅ。はぁあん」

まだ夢見心地《ゆめみごこち》で、声にならない声を漏《も》らしながら俺に一層強く抱《だ》きついてきた。

ずいぶんと寝起《ねお》きが悪いお嬢《じょう》さんですこと！

寝《ね》ぼけているヨルカはあろうことか俺の首根っこに腕《うで》を回し、容赦《ようしゃ》なく胸を俺に押しつけてきた。やわらかすぎる感触《かんしょく》がダイレクトにこすりつけられる。

身体《からだ》は細いくせに、なんでこんなにやわらかいんだ。

近い、近すぎるッ、まだ近づくのか⁉　無防備すぎるぞ有坂《ありさか》ヨルカ！

「もう限界！　もう無理！」

良心の呵責《かしゃく》と興奮が限界に達し、俺はたまらず布団《ふとん》から飛び出した。

そのまま客間から廊下《ろうか》へ転がり出て、リビングに駆《か》けこんだ。


希墨《きすみ》の緊急脱出《きんきゅうだつしゅつ》でさすがに目が覚めた。

しばらくぼんやりしていたわたし。映《えい》ちゃんの位置から、本来寝《ね》ていたはずの場所とは違《ちが》う位置に自分がいることに気づいた瞬間《しゅんかん》――昨夜の自分の行いを思い出した。

「ひ、ひやうあぁぁぁぁぁ――――⁉」

顔から火が出るほどの恥《は》ずかしさに思わず掛《か》け布団《ぶとん》に潜《もぐ》りこむ。

そして、その中にこそ彼の温《ぬく》もりと匂《にお》いを感じて、また言いようのない感覚にしばらく悶《もだ》える羽目になった。

◇◇◇

「おはよう、ヨルカ」

「おはよう、希墨《きすみ》」

俺達は何事もなかったようにリビングで顔を合わせ、一緒《いっしょ》に朝食を食べた。

食卓《しょくたく》では映《えい》だけがひたすらしゃべり、俺とヨルカはただ相槌《あいづち》を打つだけ。

乾《かわ》いた制服に着替《きが》えたヨルカを駅まで送っていく道中も会話らしい会話はない。

だけど雨上がりの朝の新鮮《しんせん》な空気の中、ふたりで歩くのはとても満ち足りた時間だった。

きっとヨルカも同じ気持ちだったと思う。

幕間三

はじめて彼の家に遊びに行った。

妹の映《えい》ちゃんにも会う。

小学三年生なのに背が高くてびっくりしたけど、中身はまだまだ子どもで安心した。

わがままを装《よそお》ってお兄ちゃんに甘えているのがよくわかる。

顔はぜんぜん似ていない。

映《えい》ちゃんは派手顔で、これからもっと美人になるのは間違《まちが》いない。

あんなにかわいい妹の世話を毎日していれば彼が同級生の女の子に臆《おく》することがないのも納《なっ》得《とく》だ。

映《えい》ちゃんをスタンダードとしているだろうから、おそらく彼にとっての美人の基準はとてつもなく高い。

彼が夢中になれる女の子は相当な美人だろう。

美人にしか目がいかないから、いつまで経《た》っても恋人《こいびと》ができないんだぞ。

そうやって告白する勇気が出ないのを彼のせいにしながら、どこか安心していた。

瀬名希墨《せなきすみ》のよさに気づいているのは自分くらいなものだ。
自分以外にそんな物好きがいるはずもない。
そう、思っていた。

『みやちー、俺ずっと好きな子がいるんだ。どうすればいいと思う？』

あたしの知らないところで彼の恋《こい》はとっくにはじまっていた。
ずっと言い出せないまま桜が咲《さ》いた頃《ころ》、彼はついに告白をした。
——どうか、告白が失敗しますように。
そんな最低な祈《いの》りを胸に抱《いだ》きながら、内緒《ないしょ》で上からこっそり見ていた。
告白された女の子は桜の木から走り去り、彼はひとり茫然《ぼうぜん》と立《た》ち尽《つ》くしている。
彼が急に校舎を見上げたから、あたしは咄嗟《とっさ》に窓の下に隠《かく》れた。
心臓がドキドキする。
見つかりそうになったからではない。
まだチャンスがある。少なくとも、あたしにはそう見えた——

第十一話　その恋は目立ちすぎて

ヨルカが俺の家に泊《と》まり、週が明けて月曜日。

学校に向かって歩いている途中、周りから妙《みょう》な視線を感じた。やけに見られている気がする。

振《ふ》り向《む》くと同じ二年生であろう生徒がさっと目を逸《そ》らす。そんなことが何度もあった。

「なんだ？」

上履《うわば》きに履《は》き替《か》え、自分の教室へ向かおうとして、

「ねえねえ、あなたが二年の瀬名《せな》くん？」

と、面識のない三年生の女子ふたりが声をかけてきた。

「そうですけど？」

俺は警戒気味《けいかいぎみ》に答える。

その女子ふたりは好奇心《こうきしん》に輝《かがや》く顔を見合わせてから、片方が直球で問うた。

「──有坂《ありさか》さんと付き合ってるってほんと？」

「どうして、そんな質問をするんですか？」

俺は咄嗟《とっさ》に善良な下級生を装《よそお》い、明るい声で寝耳《ねみみ》に水だとばかりに逆に質問を返す。

俺の演技は功を奏したようだ。彼女達は露骨《ろこつ》に落胆《らくたん》していた。

「土曜日の朝に、駅であなたに見送られる有坂《ありさか》さんを見たって噂《うわさ》があるんだけど。ほんとうに朝帰りしたの？」

「有坂《ありさか》さんって、僕のクラスの有坂《ありさか》ヨルカさんですか？」

俺はいかにも他人事《ひとごと》のような反応で、その噂《うわさ》が見当違《けんとうちが》いだとばかりに驚《おどろ》いてみせる。

「あれ、別の人？」

「先輩方《せんぱいがた》が、直接見たんですか？」

「違《ちが》うけど……」

なるほど。駅での別れ際《わかぎわ》を誰《だれ》かが見ていたらしく、それが今朝までに拡散されたようだ。SNS時代の恐怖《きょうふ》である。

「なんか、その噂《うわさ》の証拠《しょうこ》ってあるんですか？」

「わかんない。写真とかはなくて、そういう話がうちらのところに回ってきただけだから」

とりあえず写真を盗《ぬす》み撮《ど》りされていないことには安心した。

「それって僕と有坂《ありさか》さんだっていう確証はあるんですかね？　それに僕と有坂《ありさか》さんが付き合っていると本気で思います？」

俺は必殺の自虐《じぎゃく》をもって、噂《うわさ》の否定にかかる。

三年生の女子ふたりは再び顔を見合わせて「そうだよねぇ」とばかりにアイコンタクトをと

っている。そんな格差カップルがいるはずもないと勝手に納得《なっとく》してくれたようだ。

「そもそもほんとうに有坂《ありさか》さんなんですかね？　たまたま似たような女の人を見間違《みまちが》えたんじゃないんですか」

「あはは、そうかもしれない」「変なこと聞いてごめんね」

三年生の女子達は足早に俺から離《はな》れていった。

知らない上級生に話しかけられて戸惑《とまど》っている下級生という仮面を外す。僕、とか言っちゃったよ。俺は今回の事態について思案を巡らせる。

目撃者《もくげきしゃ》ではない彼女らはどうにか誤魔化《ごまか》すことができたが、噂《うわさ》を知るすべての生徒に説明して回るわけにもいかない。

時間と場所、さらにヨルカのみならず俺まで特定されている。誰《だれ》かに目撃《もくげき》されたのは確かのようだ。

壁《かべ》に耳あり障子に目あり、とはよく言ったものだ。

みんな他人の恋愛《れんあい》には興味津々《きょうみしんしん》である。証拠写真《しょうこしゃしん》がないから確定情報ではなく、あくまで噂《うわさ》レベルだが、おそらくかなり広範囲《こうはんい》に広がっているのは間違《まちが》いない。

なにせ、あの有坂《ありさか》ヨルカのはじめてのゴシップだ。

「ヨルカは大丈夫《だいじょうぶ》かな」

一番心配なのは、なにを置いてもヨルカである。

俺みたいな目立たないタイプはそもそも学内の認知度《にんちど》も低いから誤魔化《ごまか》しが利《き》く。が、ヨルカのような超絶美人《ちょうぜつびじん》となるとむしろ見間違《みまちが》える方が難しい。

そんじょそこらの美人とは美しさの次元が違《ちが》うのだ。

伝達する人数が増えるほどに詳細《しょうさい》は省かれ、臆測《おくそく》が上乗せされる。それが噂《うわさ》に尾《お》ひれがつくくメカニズムだ。根拠《こんきょ》のないデタラメが平然と事実のごとく口から口へと伝わる。

遠からず俺のような地味な存在はそぎ落とされ、ヨルカが男と朝帰りしたという一点だけが一人歩きすることになるだろう。

「畜生《ちくしょう》、迂闊《うかつ》だった」

階段を上りながら、俺は小さな声で吐《は》き捨《す》てる。

あの日の俺は確かにふつうじゃなかった。

そりゃそうだろう。好きな女の子と一夜をすごして、いつも通りでいられるほど俺は大人ではない。

ヨルカは最初、見送りを断った。

だけど俺が別れがたくて、「腹ごなしに朝の散歩だ」と駅まで一緒《いっしょ》に歩いていった。

有坂《ありさか》ヨルカが朝帰りしたのは事実だ。そこにはもちろん世間が邪推《じゃすい》するような出来事は一切《いっさい》ない。だが真実はどうあれ、そう思わせる材料さえあれば十分なのだ。

「……俺のせいだ」

教室へ入ると、あちこちから探《さぐ》るような視線を感じた。

ヨルカはまだ登校していない。

俺は自席に座り、机の下でヨルカにラインを送る。

希墨《きすみ》：ヨルカ。すまない、俺のミスだ。誰《だれ》かが土曜日の朝、駅前で見送ったところを見ていたらしい。周りがジロジロ見てくるかもしれないけど、いつもみたいに無視してくれ。一時の噂《うわさ》だ。心配するな。困ったことがあれば、なんでも言ってくれ。

ヨルカを励《はげ》ますようで、ほんとうは俺自身が祈《いの》るような文面になってしまった。

メッセージを送信して、改行さえ忘れていたことに気づく。

俺はぐるりと教室内を見渡《みわた》す。

見慣れたはずのクラスメイト達が急に恐《こわ》いものに感じられた。

「ほんとうに瀬名《せな》くんなの？」「見間違《みまちが》いでしょ？」「不釣《ふつ》り合《あ》いじゃない？」「格差カップル」「けど球技大会の時に有坂《ありさか》さん応援《おうえん》してたし」「たまたまじゃない？」「つーか、あのふたりがなんで付き合うわけ？」「有坂《ありさか》さんなら、いくらでもカッコイイ人選べるのにもったいない」

大きなお世話だ。

不思議とみんなの話し声が大きく聞こえた。

彼らにとってはただの雑談だ。そこまで悪意を持って話しているわけじゃない。だけど当事者の俺は不快に感じてしまう。

——これがヨルカの感じている日常なんだ。

いつも他人から注目を集める人生とは、なんと息苦しいものか。

特にヨルカのように人に見られるのを望まない人間にとっては生《い》き地獄《じごく》に他ならない。

しばらくしてもうひとりの当事者も教室に姿を現した。

あの楽しかったお泊《と》まりが嘘《うそ》のように、表情を消した美人がそこにいる。

誰《だれ》も寄せつけようとしない刺々《とげとげ》の毛皮を纏《まと》っているかのように、学内一の美少女の不機嫌《ふきげん》は周囲を容赦《ようしゃ》なく圧殺してくる。

俺にも目配せさえない。

まるで意に介《かい》さないかのように、無関係であるかのように。

そして神崎《かんざき》先生が教壇《きょうだん》に立ち、朝のホームルームがはじまった。

◇◇◇

ヨルカに話しかけるきっかけを摑《つか》めないまま時間だけがすぎていく。

ヨルカの朝帰りの噂《うわさ》を具体的にどう火消しすればいいのか、その方法が思《おも》い浮《う》かばない。時間が解決するまでどれだけ待てばいいのか。たった一声で周りの人間の認識《にんしき》を変えられるほど俺は影響力《えいきょうりょく》のある人間ではない。

瀬名希墨《せなきすみ》は特に取《と》り柄《え》も特徴《とくちょう》もない、平凡《へいぼん》な男子なのだ。

一度で、決定的に、物事を変えられるほど力のある人間じゃない。

己《おのれ》の無力さが恨《うら》めしかった。もっとヨルカと釣《つ》り合《あ》う男になりたい。こんなくだらない噂《うわさ》から彼女を守れる強さが欲《ほ》しい。

今日も昼休みになるとヨルカはすぐに教室から出ていった。

彼女は最初から、この恋《こい》を隠《かく》そうとしていた。

俺も美術準備室に向かおうとしたが、行ってどうすればいいのか？

謝《あやま》る？　相談する？　悲しむ？　慰《なぐさ》める？

感情を共有したところで噂《うわさ》は消えてくれない。事実はどうあれ、みんなに注目された時点で有坂《ありさか》ヨルカにとっては、すでに不本意で不快な状況《じょうきょう》になっている。

「ねぇねぇ、希墨《きすみ》くん。ちょっといい？」

朝姫《あさき》さんが声をかけてくる。

「なに？」

「あの噂《うわさ》ってほんとう？」

「噂《うわさ》って？」

「とぼけないでよ。有坂《ありさか》さんが土曜の朝、駅前で希墨《きすみ》くんに見送られてたって話。ふたりって付き合ってるの？」

「えらく具体的な噂《うわさ》だね」

「同じ茶道部《さどうぶ》の子がそう言ってたんだ。で、どうなの？」

「どうなのって。……待って、朝姫《あさき》さん。いつ、その噂《うわさ》を聞いたの？」

「いつって土曜日だけど」

「学校休みじゃん」

「茶道部《さどうぶ》は活動してたからね」

「──」

朝姫《あさき》さんと話していると、突然七村《とつぜんななむら》が肩《かた》を組んできた。

「支倉《はせくら》ちゃーん、悪いけど瀬名《せな》借りるな」

「スミスミ、ななむーと一緒《いっしょ》にご飯食べよう」とみやちーもやってくる。

「拒否権《きよひけん》はねぇぞ」「レッツゴー」

俺の意思など関係なく、ふたりに強制連行された。

◇◇◇

「例の噂《うわさ》、ぶっちゃけどうなのよ？」「どーなのよぉ？」

空き教室の机に座らされた俺に迫《せま》る七村《ななむら》とみやちー。ちょっとした取り調べスタイルである。

「今さら無駄《むだ》だと思うぞ」

「黙秘《もくひ》します」

一九〇センチの長身を誇《ほこ》る七村《ななむら》もヨルカと違《ちが》った意味で目立つ。どんな人ごみにいても常に頭ひとつ飛び出た生活を送っている。だからこそ彼の言葉には実感がこもっている。

真偽《しんぎ》は問題ではなく、ただ好奇心《こうきしん》を刺激《しげき》する話題かどうか。

「ヨルヨル、芸能人みたいだからどうしても目立っちゃうもんね」

「……だよなぁ」

みやちーの客観的な意見につられて、弱気がこぼれてしまった。

そして俺はヨルカと付き合っていることを、ふたりに打ち明けた。

「で──やったの？」

七村《ななむら》はゲスな笑顔《えがお》で質問する。

「おまえみたいな下世話なやつがいるから、今みたいな状況《じょうきょう》になってるんだろ！」

「仕方ないべ。みんな他人のセックスの話、大好きじゃん」

しれっと真顔でセックスの四文字を口にできるあたり、七村《ななむら》との圧倒的《あっとうてき》モテ力の差を感じる。

「してねえよ！　金曜日、大雨だったから家《うち》で雨宿りしたら妹がヨルカを気に入っちゃって、そのまま泊《と》まる流れになったの！　それだけ！」

「映《えい》ちゃん、かわいいもんね。お願いされたら逆らえないかも」

みやちーは映《えい》に一度会ったことがあった。

「えっ、瀬名《せな》の妹ってかわいいの？　今度紹介《しょうかい》して！」

「妹に手を出したらぶっ殺すぞ!!」

ガチギレする。

「……シスコンめ」「かわいいは正義だよ」

閑話休題《それはさておき》。

俺はここまでの経緯《けいい》をふたりに説明する。

「スミスミとヨルヨルは二年生になってお付き合いをはじめた。そしてお泊《と》まりした翌朝、誰《だれ》かに見られちゃったと」

「有坂《ありさか》ちゃんはともかくモブ顔の瀬名《せな》まで知ってるなら、拡散した犯人はそれなりに絞《しぼ》られるな」

「犯人捜《はんにんさが》しはどうでもいいんだよ！　とにかく、ヨルカにつらい思いをしてほしくないんだ」

俺が望んでいるのは、事態の収束だけだ。

「いいのかよ。見つけて、とっちめるくらいは手伝うぜ」

バシンと拳《こぶし》を合わせるバスケ部エース。俺のことを想《おも》ってくれてるのはありがたいが、暴力はやめような。

「スミスミの希望はわかったけど、ヨルヨルはどうしたいって言ってるの？」

「ラインの既読《きどく》はついてるけど返事はない。あとは知っての通り、話しかけるなオーラで会話できません」

「じゃあ、あたしがヨルヨルと話してくるよ」

みやちーは当然のように申し出る。

「それがいいな。いくら瀬名《せな》でも今の状況《じょうきょう》で下手に有坂《ありさか》ちゃんと会ったら噂《うわさ》の信憑性《しんぴょうせい》が増しちまう」

「けど……」

なし崩《くず》し的《てき》に俺達の恋愛《れんあい》に、七村《ななむら》とみやちーを関わらせるのが正解なのかわからない。

迷っている俺のポケットでスマホが震《ふる》える。

ヨルカ：わたしのせいで瀬名《せな》には迷惑《めいわく》かけられない。ごめんなさい。別れよう。

ようやく下の名前で呼んでくれるようになったのに、また名字に逆戻《ぎゃくもど》り。

「瀬名《せな》？」「スミスミ、顔色悪いよ」

俺は一瞬《いっしゅん》息を詰《つ》まらせ、うなだれた。一通のメッセージで、俺の心は奈落《ならく》の底へ突《つ》き落《お》とされてしまった。感情が上手《うま》く働かず、ただ言葉にできない不快感にのみこまれかけ――

「――って、自分勝手に結論出してんじゃねーよ！」

俺は天井《てんじょう》に向かって吼《ほ》える。

ひとりで思いつめて、こっちのことはお構いなしで突《つ》っ走《ぱし》りやがって。なにを思って、どう感じたかは知らないけど極端《きょくたん》すぎるんだよッ！

「急に大声出すんじゃねえよ」

「スミスミも怒《おこ》ることあるんだね」とみやちーは目を丸くする。

「これ見ろ！」

俺は感情のままに、スマホの画面をふたりに見せる。

「……有坂《ありさか》ちゃん、ああ見えてメンタル弱そうだもんなぁ」

「ヨルヨル、相談できる友達いないから思いつめちゃったんだねぇ」

有坂《ありさか》ヨルカの本来の姿を理解しつつあるふたりは、ズバリ俺と同じ意見に行きつく。

「で。スミスミはこれを受け入れるの？」

「なわけねえだろ！　直接会って話してくる！」

本気でヨルカが別れることを望んでいるなら、最後は受け入れるしかないだろう。

だけど、これは違《ちが》う。

それは俺でもわかる。

「ななむー、スミスミを止めて！」

「了解《りょうかい》！」とうしろから筋肉質な腕《うで》で羽交《はが》い締《じ》めにされる。

「ちょっと離《はな》せ、七村《ななむら》！　なんで止めるんだ？」

「そんな感情的に接しても、ヨルヨルには逆効果だよ」

みやちーは俺の目を見る。

「スミスミ。最後まで投げ出さない覚悟《かくご》はある？　ヨルヨルと付き合うのは大変だと思うよ」

「当たり前だろう。そんなの、最初からわかった上で告白したんだ」

「じゃあ、あたしに任せて。あ、ラインの返事はしないようにね」

「いいのか？　こんなこと、みやちーに頼《たよ》るなんて……」

「あたし達、今も友達でしょう。なら信じて。希墨《きすみ》くん」

みやちーは確信をもって、そう言った。

◇◇◇

昼休み、希墨《きすみ》へ別れのメッセージを送ってから一歩も動けなくなってしまった。

わたしは美術準備室で抜《ぬ》け殻《がら》になっていた。

とてもじゃないけど教室に戻《もど》る気が起きず、かといって早退するのも億劫《おっくう》で、いつの間にか放課後になっていた。

希墨《きすみ》からの返事は今もない。

既読《きどく》マークはついているから、見てはいるはずだ。

ほんとうはここに会いに来てくれることを少しだけ期待していた。だけど、いつまで経《た》っても希墨《きすみ》は現れない。そりゃそうだ。一方的に別れを告げたのだ。怒《おこ》って当然だ。

こんな身勝手な女、愛想《あいそ》を尽《つ》かされても仕方がない。

頭では過剰反応《かじょうはんのう》だと理解している。

だけど、心が耐《た》えられない。

このままなら、きっと希墨《きすみ》につらく当たってしまう。彼はやさしいから受け止めてくれるだろう。でも、好きな人を傷つけるのは嫌《いや》だ。そういう積み重ねの末に、希墨《きすみ》に嫌《きら》われるのが恐《こわ》い。

だったら嫌《きら》われる前に、自分で終わらせてしまおう。そう思って発作的《ほっさてき》にメッセージを送っていた。

「どうして、みんな邪魔《じゃま》するのよ……ッ」

わたしは好きな人と楽しい時間をすごしたいだけなのに、どうして放っておいてくれないの？

「……、カバン取ってこなきゃ」

この時間なら教室に誰《だれ》もいないだろう。

今も脚《あし》は重く、なかなか動く気になれない。

すると、コンコンと美術準備室の扉《とびら》がノックされる。

わたしは身を硬《かた》くして、扉《とびら》を見つめた。

「ヨルヨル〜。あたしだよ。ひなかだよ〜」

間延びしたかわいらしい声で、呼びかけてくる。

宮内《みやうち》ひなか。

希墨《きすみ》と親しい小柄《こがら》な女の子だ。球技大会の時、希墨《きすみ》に頼《たの》まれてわたしの側《そば》にずっといてくれた。誰《だれ》かが話しかけてきても、彼女が壁《かべ》になって対応してくれて正直助かった。突飛《とっぴ》な格好をしてるけど、やわらかい雰囲気《ふんいき》をもつ不思議な子。他の子に比べれば話しやすくて、珍《めずら》しく名前も一度で覚えた。

「入るね」

ひょこりと顔を出し、わたしを見つけるとにこやかに笑う。

「よかった。まだ残ってた」

「なんで、宮内《みやうち》さんが……？」

「ちょっとヨルヨルと内緒話《ないしょばなし》をしたくてね。スミスミにお願いして、居場所を教えてもらったんだ。ごめんね」

「……そう」

「そんな露骨《ろこつ》に落ちこまないでよぉ。そんなにスミスミに来て欲《ほ》しかったの？」

「違《ちが》う！」

「バレバレだよぉ」

宮内《みやうち》さんは軽い調子で、わたしのとなりに座った。

「――けどダメ。スミスミを傷つけるような子には会わせられません」

スッと別人のように声のトーンが下がる。

「どういう、意味……？」

「あたし、全部知ってるから。ヨルヨルが一方的に別れるって連絡《れんらく》したんでしょう。それなのに、どうしてあなたが傷つくの？」

「関係ないでしょう！」

わたしは反射的に大きな声を出してしまう。

「友達のヨルヨルがピンチなんだから心配するのは当たり前だよ」

「……友達？　宮内《みやうち》さんが、わたしの？」

「もちろんだよ。あたしはヨルヨルの味方。ヨルヨルは変な噂《うわさ》のせいで、スミスミが悪口言われるのが嫌《いや》だったんじゃない？」

宮内《みやうち》さんは、ずばり言い当てた。

わたし自身について好き勝手言われるのはいつものことだ。

だけど瀬名希墨《せなきすみ》について――わたしの大好きな人について心ないことを言われるのはどうしようもなく腹が立った。

好きなのにつらい。弱いわたしは、その矛盾《むじゅん》にすぐに耐《た》え切《き》れなくなってしまった。

「――――」

自分の本心を的確に指摘《してき》されるのはもっと恐《こわ》いと思っていた。

だけど宮内《みやうち》さんに言われて、わたしはどこかホッとしてしまう。図星を突《つ》かれるとは、ある意味で他人から正確に理解された証《あかし》なのだ。

わたしはそんな経験がはじめてで強張《こわば》っていた心が急に緩《ゆる》んでしまう。自然と涙《なみだ》まで浮《う》かんできてしまった。

「宮内《みやうち》さん、わたしは……」

「――だけどね、それ以上にあたしはスミスミの味方なんだ」

声音《こわね》はやさしいのに、とても恐《こわ》かった。

「ヨルヨルの気持ちもわかるけど、それはあなただけの都合だよね。それでスミスミがどれだけ傷つくか考えたことある？」

顔は笑っているのに明確な敵意を向けられているのがはっきりとわかる。

「自分が告白されたから、好かれているから身勝手に振《ふ》り回《まわ》していいと思ってるのかな。それは甘いんじゃないの？」

宮内《みやうち》さんは目を細めて、意地悪そうに唇《くちびる》の端《はし》を吊《つ》り上《あ》げる。

「な、なんであなたにそこまで言われる筋合いがあるの？」

「あたしが瀬名希墨《せなきすみ》くんに告白して、振《ふ》られたからだよ」

「……、え？」

「今年の春休みに告白したんだ。そしたら好きな人の返事を待ってるから付き合えないって断られた」

「嘘《うそ》だ。だって、ふたりとも全然そんな素振《そぶ》りなんか……」

訳がわからない。希墨《きすみ》とこの子はただの友達にしか見えなかった。

「あたしが友達のままでいたいってお願いしたんだ」

「元《もど》に、戻れたの？」

情けないことに、わたしはふたりの関係性に縋《すが》るように希望を見出《みいだ》してしまった。もしかしたらわたしも希墨《きすみ》と去年の状態にまで戻《もど》れるのかもしれない。

「誰《だれ》のせいであたしが振《ふ》られたと思ってるんだよぉ！」

宮内《みやうち》さんの長い袖《そで》がわたしの右頰《みぎほお》をはたく。

生まれてはじめて顔をはたかれて、わたしの脳は完全にフリーズしてしまう。

「無理に決まってるじゃん。スミスミがやさしいから、ふつうに見えてるだけだよ」

「そんなの、苦しすぎるじゃない！　好きな人と結ばれないまま一緒《いっしょ》にいるなんて！」

「その幸福を自分で捨てようとしているバカ女が、それを言うか！」

左頬《ひだりほお》に飛んできた袖《そで》を、今度は寸前でキャッチする。

「ねぇ、ヨルヨル。一度でもスミスミは付き合ってるのがツライって言ったことある？」

「――、ない」

「今、自分だけの都合でスミスミを捨てるのはこれまでヨルヨルに告白して振《ふ》られた人と同じ扱《あつか》いをするってことだよ。あなたの好きな男の子は、そんなどうでもいい相手なの？」

わたしは首を横に振《ふ》った。

恐《こわ》がりなわたしはいつだって自分を守ることばかり優先してしまう。だけど、そんな自分でさえもすでに誰《だれ》かに守られて、支えられている。

「好きには好きで応えなきゃ。大丈夫《だいじょうぶ》、きっとスミスミがなんとかしてくれるよ」

わたしは立ち上がる。

「ごめんなさい、宮内《みやうち》さん。けど、ありがとう」

「言ったでしょう。あたしはヨルヨルの味方で、スミスミの味方なんだよ」

「ねぇ、こんなわたしでも友達になってくれる？」

自分の口から自然とそんな言葉が出るとは驚《おどろ》きだった。だけど、わたしは宮内《みやうち》ひなかと友達になりたかった。

「もう友達だからマジなこと言ってるの。――スミスミなら教室で待ってるよ。がんばって」

人生ではじめての女友達は、元恋敵《もとこいがたき》。

ひょっとしたらふたりの立場は逆転していたかもしれない。

だけど希墨《きすみ》が選んだのは――わたしだ。

「行ってきます」

好きなら、自分から手放しちゃいけないんだ。

わたしはもう一度、彼に会うために美術準備室を飛び出した。


夕暮れに沈《しず》む廊下《ろうか》を全力で走る。

遠くで吹奏楽部《すいそうがくぶ》の演奏が聞こえた。グラウンドでは野球部の打球音が響《ひび》いている。だけど、一番うるさいのは自分の高ぶる心臓の音だった。

廊下《ろうか》の角で人とぶつかりそうになる。

邪魔《じゃま》だ！　他人なんていなくなれ！　名前も知らない誰《だれ》も彼もいなくなれ！

希墨《きすみ》さえいれば、わたしのセカイは満たされる。

それだけで十分だ。

どうしてわたしが気を使わなければいけない？　おまえらが他人に興味を持ちすぎなんだ。

放っておけ！

わたしは瀬名希墨《せなきすみ》が好き。

好きな人が好きでいてくれるだけで、わたしは強くなれる。

そうやって一気に校舎を走《はし》り抜《ぬ》けて二年A組の教室にたどり着く。

「希《き》――」

そこで待っていたのは、わたしが大好きな人。そして、

「ねぇ、希墨《きすみ》くん。私と付き合わない？」

彼に手を伸《の》ばす文倉朝姫《はせくらあさき》の姿だった。

教室に入ろうとした一歩は、最後に急ブレーキをかけてしまう。

第十二話　わたしが一番欲しいもの

みやちーは「あたしに任せて」と言って、俺に教室で待つように言った。

「大丈夫《だいじょうぶ》だって。宮内《みやうち》がなんとかするって言うなら信じようぜ」

部活に行く前に、七村《ななむら》も声をかけてくる。よほど俺が不安そうな顔をしていたのだろう。

「いや、みやちーの方は心配してない。そうじゃなくて」

俺は宮内《みやうち》ひなかという女の子に全幅《ぜんぷく》の信頼《しんらい》を置いている。それくらい特別な子だ。

もしも永聖《えいせい》高等学校に有坂《ありさか》ヨルカがいなければ、俺は違《ちが》う高校生活を送っていかもしれない。

「他になんかあるのか？」

「――ちょっと気になることがあってな」

俺は、職員室へ向かった。


俺は職員室内にある生徒面談室で、神崎《かんざき》先生と対峙《たいじ》していた。

「瀬名《せな》さん。話とはなんでしょう」

相変わらず表情の読めない和風美人は、何事もないとばかりに応じる。

「しらばっくれちゃって。有坂《ありさか》のことですよ」

「朝帰りの噂《うわさ》ですか」

「当然知ってますよね」

「自然と耳に入ってしまいますので」

「――先生はいつ知りました？」

俺の質問に、神崎《かんざき》先生はすぐには答えなかった。

「それが重要なことですか？」

「大事も大事。今回の噂《うわさ》が広まった経緯《けいい》がはっきりするんですから」

「妙《みょう》な言い方ですね。目撃者《もくげきしゃ》は誰《だれ》かではなく、広まった経緯《けいい》ですか？」

神崎《かんざき》先生は、俺の意図を半ば見透《みす》かしているようだった。

「土曜日、茶道部《さどうぶ》の活動がありましたよね。その登校途中《とうこうとちゅう》、茶道部員《さどうぶいん》の誰《だれ》かが有坂《ありさか》を目撃《もくげき》した。学内でも美人で有名な有坂《ありさか》ヨルカのゴシップですからね、うら若き乙女達《おとめたち》はこぞって興味を抱《いだ》くことでしょう。部内でも一瞬《いっしゅん》で広まったんじゃないですか」

「そもそも疑問があります。仮に有坂《ありさか》さんがほんとうに土曜日の朝に駅前で目撃《もくげき》されたとして、朝帰りと断定できるものでしょうか？　それは行き過ぎた想像です」

神崎《かんざき》先生は、教師という立場から客観的な意見を述べる。

「俺もできれば同意したいところですが、無理なんです」

「なぜ？　写真はないはずです」

「噂《うわさ》がほんとうだからです。俺は、有坂《ありさか》ヨルカと付き合っています。あの日、彼女は我が家に泊《と》まりました」

「……教師としては、今の発言を看過しかねますよ」

さすがに顔色を変えた。

「もちろん、わざわざ自白しているんです。先生の心配するようなことはなにもありません。彼女は豪雨《ごうう》のため、自分の家に帰れなかっただけです。そして翌朝、私服の俺が駅まで送っていきました。まぁ事実がどうであれ、状況《じょうきょう》証拠《しょうこ》にすぎませんが勘違《かんちが》いするには十分です。他人からすれば真実なんて、いくらでも捏造《ねつぞう》できますし」

俺は開き直ったように堂々と語る。

そんな俺を怪訝《けげん》に思ったのだろう。神崎《かんざき》先生はじっと俺のことを見ている。

「瀬名《せな》さんは、なにを言いたいのですか？」

「どうして神崎《かんざき》先生は、噂《うわさ》が広まるのを黙認《もくにん》したんですか？」

俺の声には自然と敵意がにじむ。それは神崎《かんざき》先生への信頼《しんらい》の裏返しだった。

——先生はなぜ止めてくれなかったんですか？

「今回の噂《うわさ》の広まり方は早すぎるんです」

俺は断定する。

「先生がたしなめれば茶道部《さどうぶ》の女子達は素直《すなお》に従ったはずです。先生に対する信頼《しんらい》や尊敬があるからこそうちの茶道部《さどうぶ》は、文化部らしからぬ人気と規模を誇《ほこ》っています。今回の出来事は、明らかに茶道部《さどうぶ》らしくない。先生がもっと注意してくれていれば、この噂《うわさ》は緩《ゆる》やかに広まったはずです。なのに、たった二日で学校中が有坂《ありさか》の朝帰りを知っていました」

人の口に戸は立てられない。

いずれは大勢に知られる状況《じょうきょう》になっていた。

それでもこんなに早く学校中に知《し》れ渡《わた》るのは、学内の中心人物が集まる茶道部《さどうぶ》が噂《うわさ》の発信源《ハブ》でもない限りありえないのだ。

「瀬名《せな》さんは、ずいぶんと私を過大評価してくれているみたいですね」

俺の推理がツボにはまったのか、神崎《かんざき》先生の口元に、控《ひか》えめな笑《え》みが浮《う》かぶ。

「──もちろん、茶道部《さどうぶ》の子達にはそんな不埒《ふらち》な噂《うわさ》を口にするのは下品だと厳しく釘《くぎ》を刺《さ》しました。それでも全員が守ってくれるわけではありません。私が噂《うわさ》を聞いた時点で、すでに不特定多数の生徒に知《し》れ渡《わた》っているようでした。いずれにせよ、その結果が今の有り様です」

神崎《かんざき》先生は、ほんとうに悔《くや》しそうに答える。

「私が教師として未熟でした。私にもっと力があれば、有坂《ありさか》さんを守れたかもしれないのに……」

この人は真剣《しんけん》に生徒のことを想《おも》っている。だから神崎《かんざき》先生を俺は嫌《きら》いになれないのだ。

去年俺がバスケ部を辞《や》める羽目になった時も最後まで各所に掛《か》け合《あ》ってくれた。

俺の退部が覆《くつがえ》らなかった時、先生は本気で俺に謝《あやま》ってくれた。

すべてを丸く収めるのは大人だって難しい。

神崎《かんざき》先生がいくら優秀《ゆうしゅう》でも、まだ二十代の若い女性だ。生意気盛《なまいきざか》りの高校生達を完璧《かんぺき》に御《ぎょ》するなんて困難だ。

ほんとうは茶道部《さどうぶ》の子は全員、先生の言うことを守っているのかもしれない。しかし、それ以外の生徒に先に伝わっていれば噂《うわさ》は勝手に広まってしまう。噂《うわさ》をする当人達は誰《だれ》かが嫌《いや》な想《おも》いをするとか想像しないまま無自覚に、ただの会話のネタとして話しているにすぎない。

「すみません。俺も少し、言いすぎました」

「彼女を心配するのは彼氏として当然ではありませんか。フフフ、そんな瀬名《せな》さんだから有坂《ありさか》さんの心を射止めたのかもしれませんね」

「キューピッドは先生ですよ」

「瀬名《せな》さんなら、よき話し相手になるとは思いましたが——まさか恋人《こいびと》になるとは予想外でした。有坂《ありさか》さんのお姉さんも驚《おどろ》いてましたよ」

「……なんで、そこで有坂《ありさか》のお姉さんが？」

意外な人物の登場に、俺はものすごく身構える。

「有坂《ありさか》さんのお姉さんはこの学校の卒業生なのです。そして私がはじめて受け持ったクラスの生徒でもありました。卒業後も交流があり、ある時、有坂《ありさか》さんのお姉さんから『わたしの妹が入学する。先生が力になってあげて』と頼まれたんです」

「それで、有坂《ありさか》に美術準備室を使わせたりしてたんですね」

「今回の件が私の耳に届いて、すぐ有坂《ありさか》さんのお姉さんに連絡《れんらく》を取りました。彼女は普段《ふだん》から学業が忙《いそが》しいのですが、あの大雨の金曜日は珍《めずら》しく自宅にいたので有坂《ありさか》さんの外泊《がいはく》も把握《はあく》してました」

確かに我が家に泊《と》まると決めたあと、ヨルカが身内に連絡《れんらく》した様子はなかった。

「朝帰りの事実確認《かくにん》ができちゃったわけですね」

誰《だれ》よりも先に噂《うわさ》が事実だと知ってしまった神崎《かんざき》先生。そりゃ迂闊《うかつ》に動けないわけだ。

「……最初はただ瀬名《せな》さんとの交流をきっかけに、少しずつ有坂《ありさか》さんの人間関係が広がっていけばいいと考えておりました」

「大役を担《にな》わせてくれたもんですね。橋渡《はしわた》し役《やく》とか簡単に言ってくれちゃって」

「瀬名《せな》さんしか有坂《ありさか》さんと上手《うま》くやれるイメージが浮《う》かばなかったんです」

「先生。大丈夫《だいじょうぶ》ですよ。俺はどうしようもなく有坂《ありさか》に惚《ほ》れているんです。周りにどう言われても、俺から別れる気はありませんから」

俺は教師の前で堂々と宣言する。

それは毎年生徒を送り出している人から見れば、大層幼稚《ようち》な発言に映るのだろう。だけど、俺にとっては今がすべてで、ここで全力を尽《つ》くさなければ一生後悔《こうかい》する。それだけははっきりしていた。

「彼女自慢《かのじょじまん》は、よそでしてください」

神崎《かんざき》先生は笑った。

「先生。今年のクラス委員を引き受けた時に約束してくれた報酬《ほうしゅう》、ピンチの時に手を貸すってやつ、いきなりですが今ここで使います。ひとつ上手《うま》くフォローしておいてくださいよ。有坂《ありさか》の方は俺が守ります」

「……今度こそ、善処しましょう」

◇◇◇

俺は二年A組の教室に戻《もど》ってきた。ヨルカの姿はない。

窓際《まどぎわ》でグラウンドをぼんやり眺《なが》めながら、これからのことを考えた。

噂《うわさ》という実体のない現象をどう終息させるか。

そしてヨルカが一方的に突《つ》きつけてきた別れ話。みやちーのフォローを信頼《しんらい》しつつも、最後は俺がヨルカと上手《うま》く仲直りできなければ意味がない。

神崎《かんざき》先生に偉《えら》そうに啖呵《たんか》を切ったものの現状を打開する妙案《みょうあん》はちっとも浮《う》かばない。考えれば考えるほど俺の気持ちは沈《しず》んでいく。

みやちーや七村《ななむら》は俺を気遣《きづか》ってくれる。神崎《かんざき》先生も最良の形で収めるように動いてくれる。

でも、ひとりになると強がりも限界だ。

ヨルカからのラインを読み返す。それだけで心が痛む。俺は最愛の恋人《こいびと》から振《ふ》られたのか。

こうしてひとりだと、強がるのも難しい。

ヨルカを想《おも》う気持ちが強い分、心の痛みも大きくなる。

「友達に戻《もど》るのは難しいだろうな……」

あまりにも短い春だった。

一か月にも満たない恋人期間《こいびときかん》。

桜の木の下での玉砕覚悟《ぎょくさいかくご》の告白。実際に恋人《こいびと》になって彼女の温《ぬく》もりに触《ふ》れて、忘れられない特別な思い出ができた。そのひとつひとつが本気だったからこそ、俺を突《つ》き刺《さ》す痛みに変わる。

——告白と痛みは常に表裏一体《ひょうりいったい》だ。

振《ふ》られたら当然つらい。

だけど上手《うま》くいって付き合ったとしても、いずれは別れの痛みが待っているのが大半だ。

告白した時、俺は付き合うまでのことしか想像できていなかった。その先まで考える余裕《よゆう》がなかった。

年齢《ねんれい》＝恋人《こいびと》いない歴《れき》だった俺にとって、はじめての恋人《こいびと》であり、はじめての失恋《しつれん》。

一生埋《う》まらない空気の通り道が胸に開いたみたいな気分だ。

「男女の友情は成立する、なんてやっぱり大嘘《おおうそ》だ」

窓ガラスに額を当てながら、俺は柄《がら》にもなくセンチメンタルなことを呟《つぶや》く。

遠くで吹奏楽部《すいそうがくぶ》の演奏が聞こえた。グラウンドでは野球部の打球音が響《ひび》いている。

「あれ、希墨《きすみ》くん？　まだ残ってたんだ」

代わりに支倉朝姫《はせくらあさき》が教室に現れた。

「朝姫《あさき》さん、まだ帰ってなかったんだ」

「忘れ物を取りに来たの。さっきまで他のクラスでおしゃべりしてたんだけど、有坂《ありさか》さんの話で持ち切りだったわ」

「そう」

俺は気の抜《ぬ》けた声しか出なかった。

「……悩《なや》みがあるなら力になるって私、前に言ったよ。大丈夫《だいじょうぶ》？」

朝姫《あさき》さんが近づいてくる。

「あぁ、うん。平気だよ」

「無理しないで。なんか、すっごくしんどそう」

「そうかな」

「希墨《きすみ》くんが気の利《き》くやさしい人なのは知ってるからね」

朝姫《あさき》さんは白い歯を見せて、笑顔《えがお》で俺を励《はげ》ます。

「……急に褒《ほ》められても、なにも出ないけど」

つられて、俺も乾《かわ》いた笑いを浮《う》かべる。

「いいよ。私にとっては希墨《きすみ》くんが景品だから」

「——どういう意味？」


「ねぇ、希墨《きすみ》くん。私と付き合わない？」

不意打ちのように朝姫《あさき》さんの手が俺の手に触《ふ》れる。

「……、なんだって？」

「私と恋人《こいびと》にならないかって言ってるの」

朝姫《あさき》さんは俺が逃《に》げられないようにはっきり言い直す。

甘えるような言い方だけど、その眼差《まなざ》しは真剣《しんけん》だった。

「朝姫《あさき》さんには、もっと他にお似合いの人がいるよ。俺なんて——」

「自分だって格上の女の子と仲良くしてるじゃない」

ピシャリと俺の言葉を遮《さえぎ》る。

冗談《じょうだん》の告白に決まっている。が、朝姫《あさき》さんはあくまで話題を逸《そ》らさせてくれない。

どうやらお茶を濁《にご》して適当に切《き》り抜《ぬ》けるのは無理なようだ。

「——だって、俺のこと別に好きじゃないだろう」と俺は真顔で言い放つ。

同じクラス委員として関係が悪くなりそうだからはっきり言うのは気が進まなかった。それでも朝姫《あさき》さんの告白に踊《おど》らされるほど俺のヨルカへの愛は軽くない。

「ひどいなぁ。そんな風に思われてたんだ、私」

「有坂《ありさか》への当てつけのつもりだろうけど、意味ないぞ」

「……どうして？」

「昼休みに振《ふ》られたから」

頭が上手《うま》く回っていない俺は思わず打ち明けてしまった。

どうせ朝姫《あさき》さんはヨルカへの対抗意識《たいこういしき》から、こんな茶番を仕掛《しか》けてきたに違《ちが》いない。

俺に利用価値がないとわかれば、きっと文句なり冷たい言葉を浴びせてくるだろう。それでおしまい。今日はとことん厄日《やくび》だ。そう覚悟《かくご》して、次の言葉を待つ。

「ますます好都合じゃない。じゃあ、ふつうに付き合いましょう」

「……——って、どうしてそうなるんだよッ！」

俺はびっくりして大きな声を出してしまう。

「いやいや、今の会話の流れなら興味を失《な》くして罵倒《ばとう》して教室を出ていくなり、スマートに冗談《じょうだん》めかして去るところじゃないの。なんで告白のダメ押し？　正気か？」

「だから私の気持ちに気づいてもらえなくてショックだって言ってるじゃない。私、希墨《きすみ》くんのことほんとうに好きなんだよ。一緒《いっしょ》にいて楽だし、楽しいから。それって最高だと思わない？」

おぅ、なんかすげえ真っ当な理由で告白されてるぞ俺。

このパターンは完全に予期していなかった。

「それとも私のこと嫌《きら》い？」

「いい相棒だとは、思ってる。クラス委員として」

「じゃあ恋人《こいびと》としてもやっていけるでしょう。うん、問題ないわね」

「れ、恋愛《れんあい》の優先順位はどうした？　低いんじゃなかったっけ？」

「優先順位を変えるくらい気になる男の子が希墨《きすみ》くんなんだよ」

ド直球ッ。迷いがなさすぎる。

「えっと、朝姫《あさき》さんってそんなキャラだっけ？　もっと上手《うま》く距離感《きよりかん》とって、その」

「恋愛《れんあい》で遠慮《えんりょ》してどうするのよ？　好きな人に素《す》を出せるから楽なんじゃない。もちろん有坂《ありさか》さんにも勝ちたいけど、それとは別に希墨《きすみ》くんともっと仲良くなりたい」

「青春してんなぁ」

「他人事《ひとごと》みたいに感心してないで返事を聞かせて。YES・オア・はい、で」

「実質一択《いったく》じゃねえか！」

「振《ふ》られたんでしょう。私が慰《なぐさ》めてあげるよ」

はい、とばかりに両腕《りょううで》を広げてハグの受け入れ万全《ばんぜん》な朝姫《あさき》さん。

「いやいやいやッ！」

「強情《ごうじょう》だなぁ。そりゃ有坂《ありさか》さんほどおっぱい大きくないけど、スタイルは平均よりいい方だよ」

「おっぱいの問題じゃなくて！　こんなご都合主義な展開ってラブコメかよ」

「恋《こい》に破れたタイミングで、アプローチかけるのが一番効果的じゃない」

「そんな、あっけらかんと言われても」

「現実の恋愛《れんあい》だって戦略的にしたら、ラブコメみたいにタイミングがよくなるよ」

「だからって……」

「母性本能かな。だって希墨《きすみ》くん今、すごく傷ついてるんでしょう？」

「――――」

図星を突《つ》かれて、俺は言葉を失う。

だって、そうだろう。この恋《こい》は最初からヨルカと俺では差がありすぎた。

どれだけ俺が想《おも》っていても、彼女はメッセージの一通であっさり別れを切り出した。きっと衝動的《しょうどうてき》に送ってしまったのだろう。それくらいの予想はつく。

──それでも大好きな人から「別れよう」と告げられるのは、本気の恋《こい》だからこそキツイ。

頭では理解できても、心が納得《なっとく》できないのだ。

俺はヨルカと別れたくなんかない。

もっと楽しい時間をすごしたい。

彼女の深くまで知りたい。

ずっと彼女の側《そば》にいたい。

「朝姫《あさき》さん、俺は──」

「なに、してるの？」

言い終えるより先に振《ふ》り向《む》く。ヨルカがそこにいた。

「……ヨル、カ？」

最悪のタイミングで現れた彼女。俺はどう接していいかわからず困惑《こんわく》する。

だがヨルカは俺を無視して、朝姫《あさき》さんの前に立つ。

「あなた、希墨《きすみ》が好きなの？」

「だったら？　自分で希墨《きすみ》くんを振《ふ》ったんでしょう？　有坂《ありさか》さんはもう関係ないよね？」

コミュニケーション強者である朝姫《あさき》さんはまったく怯《ひる》まない。

ヨルカが張り合うには相手が悪すぎる。

「──聞いてない」

「なんですって？」

「わたしは、希墨《きすみ》から別れることを了承《りょうしょう》する返事をもらってない！　だから、わたし達はまだ恋人《こいびと》！　別れてなんかいない！」

ヨルカは驚異《きょうい》のアクロバティックな主張をする。

唖然《あぜん》とした朝姫《あさき》さんは「希墨《きすみ》くんが、振《ふ》られたって自分で言ったけど」と苦笑いを浮《う》かべる。

「わたしは、希墨《きすみ》から答えを聞いてない。だから恋人《こいびと》のまま！」

「ずいぶんな無茶言ってるって、わかってる？」

「知らないものは知らない！」

「子どもの駄々《だだ》か！」と朝姫《あさき》さんも声を張り上げる。

「悪いけど有坂《ありさか》さん、結構残酷《ざんこく》なことしたんだよ。冗談《じょうだん》で済む人もいれば、そうじゃない人もいる。希墨《きすみ》くんは本気だった。なのに、あなたは自分の都合で恋人《こいびと》を振《ふ》り回《まわ》して、裏切ったんだよ」

「そんなのッ、わたしだってわかってる！」

一瞬《いっしゅん》押《お》し黙《だま》りそうになったヨルカは、それでも言い返した。

「開き直らないでよ、まったく……」

「部外者が口出ししないで！」

「話に割りこんできたのは有坂《ありさか》さんでしょう。私達にとっては、あなたが部外者だからね」

「わたしの男を自分側で語るな。希墨《きすみ》はわたしのもの！」

「ずいぶんなご身分ね。強欲《ごうよく》」

「なんと言われても構わない。希墨《きすみ》さえいれば、それでいい。希墨《きすみ》がわたしのすべて。希墨《きすみ》がいるだけでわたしは満たされる。瀬名希墨《せなきすみ》はわたしの一部なんだ。彼なしじゃもう生きていけない。代わりなんていないのよ。だから渡《わた》さない。一生手放さない！」

クラスメイト相手に澄《す》ましたいつものヨルカはそこにはない。

ただ、全身全霊《ぜんしんぜんれい》の想《おも》いを必死にすべて吐《は》き出《だ》していた。

「──ッ、たかが高校生の恋愛《れんあい》で大げさすぎ」

「じゃあ、どきなさい。邪魔《じゃま》するなら容赦《ようしゃ》しない。死ぬ気で戦うつもりもないくせに、わたしの男に手を出さないで」

有坂《ありさか》ヨルカが、本気を出す。

彼女は自分の中にある揺《ゆ》るぎない愛を自信に変えて、抑《おさ》えこんでいた力を発揮した。

その狂暴《きょうぼう》なまでの美しさと迷いなき愛情がついに揃《そろ》った美女。

「希墨《きすみ》が、わたし以外を好きになるなんて絶対許さない！」

ヨルカの愛が教室中に響《ひび》き渡《わた》る。

さすがの朝姫《あさき》さんも呆《あき》れるしかなかった。

「すまん。どうやら俺の勘違《かんちが》いだったらしい。俺の恋人《こいびと》は有坂《ありさか》ヨルカだけだ。だから、さっきのことは聞かなかったことにしてもらって構わないか」

「そうする。この調子で有坂《ありさか》さんに睨《にら》まれながら、高校生活を送るのは死ぬほど厄介《やっかい》そうだしね。今日のことは、とりあえず忘れる」

「ありがとう。朝姫《あさき》さん」

とても大人な彼女は何事もなかったように、教室を去っていく。

その後ろ姿が完全に見えなくなるまでヨルカは決して警戒《けいかい》を緩《ゆる》めることはなかった。

「ヨルカ。さっきのは――」

「あの女に告白されて、ちょっと動揺《どうよう》してたでしょう」

ヨルカは俺の胸に飛びこんできた。

ぐっと自分の額を押しつけて、顔を隠《かく》す。

「あれはだって、まさか本気とは思わなかったからで」

「宮内《みやうち》さんに春休みに告白されたことも黙《だま》ってた」

「そっちはプライバシーの問題もあるし、ヨルカの返事を聞く前だったから。今のだって俺にとっては完全な不意打ちで……」

「希墨《きすみ》、案外モテてる」

俺の彼女は完全に拗《す》ねていた。

「——あのふたりには申し訳ないけど、好意《フラグ》に気づかなくて」

「わたしの気持ちにも半年以上気づいてなかったもんね。この鈍感《どんかん》」

「ヨルカが隠《かく》すの上手だったんだよ」

「付き合ったら、ほんとうは真逆だってわかったでしょ」

「俺はずっと有坂《ありさか》ヨルカが好きなんだ。これまでも、これからも。ヨルカ以外の女の子なんてありえない。ヨルカと別れたくない。ずっと一緒《いっしょ》にいたい」

桜の木の下で想《おも》いを告げた時以上に、愛を伝える。

「……他のことはどうでもいいの。我慢《がまん》できる。だけど希墨《きすみ》だけは例外。わたし、不安なんだよ。希墨《きすみ》に嫌《きら》われたらどうしようって、いつも恐《こわ》くなる」

「俺だって、なんで自分がヨルカと付き合えたのか不思議だったんだぞ」

「まだ心配……？」

「いーや。春休みの間待たされたのがチャラになるくらい熱烈《ねつれつ》な告白を聞かせてもらったからな」

「わたしが好きなのは——希墨《きすみ》だけだもん」

「じゃあ、別れるのはなしでいい？」

「わたしは返事を聞いてないから知らない」

「……そういうことにしておく」

俺は彼女の背中に腕《うで》を回して、抱《だ》きしめる。

「ごめんね。面倒《めんどう》な彼女で」

ヨルカも俺に抱《だ》きつく。

「大好きよ、希墨《きすみ》」

「今はもう知ってる」

誰《だれ》がなんと言おうとも、俺達は両想《りようおも》いの恋人《こいびと》なのだ。

第十三話　堂々と、公認で、イチャつきたい

翌日の朝一番、神崎《かんざき》先生からクラスに向けてひとつのお達しがあった。

「最近特定の生徒に対する噂《うわさ》について、ご家族に問い合わせをしました。件《くだん》の生徒は該当《がいとう》する日時に在宅を確認《かくにん》しました。よって噂《うわさ》はまったくのデマであり、根も葉もないものです。以後、本件に関する誤った発言を見つけた場合には生徒指導室へ呼び出します。内申点《ないしんてん》にも影響《えいきょう》すると思って覚悟《かくご》するように。皆《みな》さんの高校生としての節度ある態度と分別ある言動を期待しています」

神崎《かんざき》先生は約束通り、俺にちゃんと報酬《ほうしゅう》をくれた。

今の言葉通り、あの朝駅前にいた男女は俺とヨルカではない——そういうことになった。

見事な超《ちょう》パワープレイを発揮して、あの朝帰りは完璧《かんぺき》に揉《も》み消《け》された。

他の先生方も神崎《かんざき》先生がわざわざ調べた上での結論なら間違《まちが》いない、と納得《なっとく》したとのことだ。

こつこつ積み上げてきた教育者としての信頼感《しんらいかん》はいざという時に大いに役立つ。

俺は、この人が担任でよかったと感謝した。

あとでヨルカに訊《たず》ねたところ、「あの教師、お姉ちゃんと結託《けったく》して、そういう筋書きで話を

つけたそうよ。お姉ちゃんもここの卒業生で、一年生の時から生徒会長を務めたり目立つ生徒だったから年配の先生にもよく知られてるみたい」と教えてくれた。

「有名な姉のご威光《いこう》にも感謝だな」

「同じことを期待されても、わたしはわたしだからね」

ヨルカはサバサバと言い切る。

以前よりも家族について語る時の口振《くちぶ》りは軽い。

「妹が外泊《がいはく》してもあっさり納得《なっとく》するもんなのか？」

「むしろノリノリだった。彼氏を紹介《しょうかい》しなさいって、お姉ちゃんに散々いじられたわ」

ヨルカは恥《は》ずかしいような、困ったような複雑な表情をしていた。

お姉さんにコンプレックスを感じている割に、嫌《きら》いというわけでもないようだ。

有坂《ありさか》姉妹《しまい》の一筋縄《ひとすじなわ》ではいかない距離感《きょりかん》について俺が知るのは、また別の機会となる。

先生が残りの事務的な連絡《れんらく》を終えて、「クラス委員、号令を」といつものように朝のホームルームを終えようとする。

「神崎《かんざき》先生。俺からもいいですか？」

「……構いません」

俺は教卓《きょうたく》に向かう。

ヨルカが不安そうに俺のことを見てくる。

このことは彼女には話していない。

教壇《きょうだん》に立つ。クラスメイトの視線が集まると、やはり緊張《きんちょう》してしまう。

「えー、というわけで誰《だれ》かさんの朝帰りの噂《うわさ》は晴れてデマだとわかったわけだ。迂闊《うかつ》なことすると、家にまで連絡《れんらく》がいくって教訓になったよな？　みんなも気をつけるように」

俺がさっそくネタにして冗談《じょうだん》を飛ばすと、みんなは心置きなく笑った。

「まぁそれとは別に、俺からも個人的な報告がひとつある。ここだけの内緒《ないしょ》にしておいてほしいんだけどさ——」

教室が静まり返る。

俺はどこかでヨルカとの差は一生埋《う》まらないと思っていた。格差カップルという言葉を受け入れるのは当たり前。有坂《ありさか》ヨルカのおまけ。

そうやってヨルカの陰《かげ》に隠《かく》れて、ずっと付き合っていくものなのだと。

だけど他人の評価なんかはどうでもいい。

瀬名希墨《せなきすみ》が彼女に心底惚《ほ》れているのと同じくらい、有坂《ありさか》ヨルカも俺が大好きなのだと。

俺とヨルカは対等で両想《りょうおも》いだ。

新たな覚悟《かくご》を決めた。迷いはない。友達になんか、戻《もど》れなくていい。

「俺と有坂《ありさか》は付き合ってる。ヨルカは俺の恋人《こいびと》だ」

クラスメイトの前で、堂々の恋人宣言《こいびとせんげん》をした。

「はぁぁぁッ!?　ちょっと！　なんでバラすのよ！」

ヨルカが慌《あわ》てて立ち上がるが、もう手遅《ておく》れだ。

「こういうのは白黒はっきりさせた方がスッキリするだろう」

俺は胸を張って答える。

教室内は俺とヨルカを見守る生ぬるい空気に包まれる。

「瀬名《せな》ぁ、とっくにバレてたぞ！」

「よかったねスミスミ、ヨルヨルぅ！」

七村《ななむら》とみやちーが真っ先に反応してくれる。

「朝からイチャつくな、バカップル」と朝姫《あさき》さんが苦笑《くしょう》していた。

「よっ、スーパー格差カップル！」「宝くじの一等を引いたね、クラス委員！」「お幸せに！」

「すぐに捨てられんなよ！」「落としたテクニック教えて！」「あーあ、瀬名《せな》くんって地味だけど案外悪くないと思ってたんだけどなぁー」「ご両人、交際のきっかけは？」「超羨《ちょううらや》ましいぃ」「そりゃ球技大会の時の、あの熱烈《ねつれつ》な応援《おうえん》があるしねぇ」

クラスメイトの反応を見るに、二年になってからのヨルカの変化や球技大会の応援《おうえん》のせいでなんとなーくは「こいつら、仲がいいな」と思っていたっぽい。

そりゃそうだ。

——俺達はそもそも前提を間違《まちが》えていた。

誰《だれ》よりも目立つ、誰《だれ》とも話さない美少女が唯一《ゆいいつ》話す男子生徒が俺なのである。

残念ながらヨルカが希望するところの、内緒《ないしょ》で恋愛《れんあい》するのは最初から不可能だったのだ。

「希墨《きすみ》!! なに考えてるのよ!!」

顔を真っ赤にしたヨルカが壇上《だんじょう》の俺に詰《つ》め寄《よ》ってくる。

「ただの恋人宣言《こいびとせんげん》だけど」

「みんなに知られたのよ！　どうするのよ！」

マジで怒《おこ》っているヨルカの肩《かた》を摑《つか》んで、くるりとクラスメイトと向き合わせる。

「ヨルカが俺のところに駆《か》け寄《よ》ったことが完璧《かんぺき》なダメ押しです。もう手遅《ておく》れ」

「え、嘘《うそ》？」

付き合いたての初々《ういうい》しさが残る俺達に、周囲は生暖かい視線を送っている。

「あの、その。えっと……」

逃《に》げようとするヨルカを俺は離《はな》さない。

「ほら。周りが全員味方じゃなくても、なんでもかんでも恐《こわ》がる必要なんてないさ」

「い、いきなり、荒療治《あらりょうじ》すぎるってば！」

「たまには、俺がヨルカを振《ふ》り回《まわ》してもいいだろう？」

「よくない！」

「これで堂々と教室でも話せるな。ヨルカ」

「やっぱり無理！　恥《は》ずかしい！」

「ヨルカ。そのうち慣れるよ」

「ほんと、に？」

アワアワしているヨルカの百面相に、クラスメイトはやっと親近感を抱《いだ》けるようになったようだ。

全員の心の声を代弁するなら「有坂《ありさか》さん、かわええ――」だろう。俺もそう思う。

「……希墨《きすみ》、強引《ごういん》すぎ」

「でなきゃヨルカに告白できないよ」

恥《は》ずかしがっているヨルカは俺の背中に隠《かく》れたいのを必死に我慢《がまん》しているのだろう。

ほんとうは、かわいい彼女の魅力《みりょく》を独《ひと》り占《じ》めにしておきたい。

けど、この踏《ふ》み出《だ》した一歩はヨルカをより魅力的《みりょくてき》にすると思う。

俺はそうやってお互《たが》いに変わっていける恋人《こいびと》でありたい。

ただのラブコメなら付き合うのがゴールかもしれないが、俺とヨルカははじまったばかり。

恋人《こいびと》との楽しい日々はまだまだこれからなのだ。

了

あとがき

はじめまして、またはお久しぶりです。羽場楽人《はばらくと》です。

このたびは『わたし以外とのラブコメは許さないんだからね』をお読みいただきありがとうございます。

本作は両想《おも》いの恋人《こいびと》になってから始まるラブコメです。

同時に人嫌《ひとぎら》いでコミュニケーションの苦手な女の子が、平凡《へいぼん》だけど相手のために行動できる男の子との出会いをきっかけに、少しずつ自信をもっていく物語でもあります。

ご縁《えん》があって出会えたこと、本当にありがたいことです。

さて世界的に引きこもりが推奨《すいしょう》されるコロナ禍《か》の時代、皆様《みなさま》いかがお過ごしでしょうか？

本作の初校を書いていた頃《ころ》には、人と会うのがこんなに難しくなる世の中になるとは思ってもいませんでした。

幸いにもインターネットというテクノロジーのおかげで我々は離《はな》れた場所でもコミュニケーションを交《か》わすことができます。この小説の制作も後半は完全リモート作業で行われ、無事に皆様《みなさま》のお手元に届けられた次第《しだい》です。

読んでくださった方が楽しんでいただけたのなら、創作者としてこの上ない喜びです。

この物語はフィクションですが、ひとつだけ私の実体験が盛りこまれています。

それは担任からクラス委員に指名されたことです。

高校に入学した初日、帰りのホームルームでいきなり自分だけ職員室に呼び出された時はかなり焦《あせ》りました。身に覚えは何もないが怒《おこ》られるのかとドキドキしながら職員室へ行ってみると、クラス委員への就任を打診《だしん》されました。

断り切れなかった私がその後クラスメイトの美少女と恋《こい》に落ちる——なんてことはもちろんありませんでした。だって、通ってたのは男子校だもの。


担当編集の阿南《あなん》様。男子校出身同士、今回もありがとうございました。

イラストのイコモチ様。本作のキャラクターを具現化するのはこの人しかない、という羽場たっての希望がこうして叶《かな》ったこと、本当に嬉《うれ》しく思います。キャラクターデザインを見た時、そこにヨルカ達がいました。素晴《すば》らしいイラストをありがとうございました。

デザイン、校閲《こうえつ》、営業など本作の出版にお力添《ちからぞ》えいただいた関係者様に御礼申《おんれいもう》し上《あ》げます。

家族友人知人、同業の皆様《みなさま》。また気軽に外へ食事に行ける日々を楽しみにしてます。

それでは羽場楽人でした。二巻でまたお会いしましょう。

BGM：坂本真綾《まあや》『Be Mine』

◉羽場楽人著作リスト

「わたしの魔術コンサルタント」（電撃文庫）
「わたしの魔術コンサルタント② 虹のはじまり」（同）
「スカルアトラス 楽園を継ぐ者〈1〉」（同）
「スカルアトラス 楽園を継ぐ者〈2〉」（同）
「わたし以外とのラブコメは許さないんだからね」（同）

本書に対するご意見、ご感想をお寄せください。

ファンレターあて先
〒102-8177　東京都千代田区富士見2-13-3
電撃文庫編集部
「羽場楽人先生」係
「イコモチ先生」係

本書は書き下ろしです。

電撃文庫

わたし以外《いがい》とのラブコメは許《ゆる》さないんだからね

羽場楽人《はばらくと》

◇◇◇

2020年9月10日　初版発行

発行者　青柳昌行
発行　株式会社KADOKAWA
〒102-8177　東京都千代田区富士見2-13-3
0570-002-301（ナビダイヤル）
装丁者　荻窪裕司（META＋MANIERA）
印刷　株式会社暁印刷
製本　株式会社ビルディング・ブックセンター

ISBN978-4-04-913272-4　C0193　Printed in Japan

電撃文庫　https://dengekibunko.jp/

電撃文庫創刊に際して

文庫は、我が国にとどまらず、世界の書籍の流れのなかで〝小さな巨人〟としての地位を築いてきた。古今東西の名著を、廉価で手に入りやすい形で提供してきたからこそ、人は文庫を自分の師として、また青春の想い出として、語りついできたのである。

その源を、文化的にはドイツのレクラム文庫に求めるにせよ、規模の上でイギリスのペンギンブックスに求めるにせよ、いま文庫は知識人の層の多様化に従って、ますますその意義を大きくしていると言ってよい。

文庫出版の意味するものは、激動の現代のみならず将来にわたって、大きくなることはあっても、小さくなることはないだろう。

「電撃文庫」は、そのように多様化した対象に応え、歴史に耐えうる作品を収録するのはもちろん、新しい世紀を迎えるにあたって、既成の枠をこえる新鮮で強烈なアイ・オープナーたりたい。

その特異さ故に、この存在は、かつて文庫がはじめて出版世界に登場したときと、同じ戸惑いを読書人に与えるかもしれない。

しかし、〈Changing Times,Changing Publishing〉時代は変わって、出版も変わる。時を重ねるなかで、精神の糧として、心の一隅を占めるものとして、次なる文化の担い手の若者たちに確かな評価を得られると信じて、ここに「電撃文庫」を出版する。

1993年6月10日
角川歴彦

電撃文庫DIGEST　9月の新刊

発売日2020年9月10日

新作 ドラキュラやきん!

【著】和ヶ原聡司　【イラスト】有坂あこ

俺は現代に生きる吸血鬼。池袋のコンビニで夜勤をし、日当たり激悪の半地下アパートで暮らしながら人間に戻る方法を探している。そんな俺の部屋に、天敵である吸血鬼退治のシスター・アイリスが転がり込んできて!?

魔法科高校の劣等生㉜
サクリファイス編／卒業編

【著】佐島 勤　【イラスト】石田可奈

達也に届いた光宣からの挑戦状。恐るべき宿敵が、ついに日本へ戻ってくる。光宣の狙いは『水波の救済』ただ一つ。ふたりの魔法師の激突は避けられない。人外と亡霊を身に宿した『最強の敵』光宣が、達也に挑む!

アクセル・ワールド25
—終焉の巨神—

【著】川原 礫　【イラスト】HIMA

太陽神インティを撃破したハルユキを待っていたのは、さらなる絶望だった。加速世界に終わりを告げる最強の敵、終焉神テスカトリポカを前に、ハルユキの新たな心意技が覚醒する!　《白のレギオン》編、衝撃の完結!

俺の妹がこんなに可愛いわけがない⑮
黒猫if　上

【著】伏見つかさ　【イラスト】かんざきひろ

高校3年の夏。俺は黒猫とゲーム研究会の合宿に参加する。自然溢れる離島で過ごす黒猫との日々。俺たちは"槇島悠"と名乗る不思議な少女と出会い——。

ヘヴィーオブジェクト　天を貫く欲望の槍

【著】鎌池和馬　【イラスト】凪良

アフリカの大地にそびえ立った軌道エレベーター。大地と宇宙をつなぎ、世界の在り方を一変させる技術に、クウェンサーたちはどう立ち向かうのか。宇宙へ飛び立て、近未来アクション!

娘じゃなくて私《ママ》が好きなの!?③

【著】望 公太　【イラスト】ぎうにう

私、歌枕綾子、3ピー歳。娘の参戦で母娘の三角関係!?　家族旅行にプールと混浴、夏の行事が盛りだくさんで、恋の駆け引きはさらに盛り上がっていく——

新作 世界征服系妹

【著】上月 司　【イラスト】あゆま紗由

妹は異世界の姫だったらしく、封印されていた力が目覚めたんだそうだ。無敵の力を手に入れた檸檬は、あっという間に世界の頂点に君臨。そして兄である俺は、政府から妹の制御（ご機嫌取り）を頼まれた……。

新作 反撃のアントワネット!
「パンがないなら、もう店を襲うしかないじゃない……っ!」「やめろ!」

【著】高樹 凛　【イラスト】竹花ノート

「パンがなければケーキを……えっ、パンの耳すらないの!?」汚名返上に燃えるマリー・アントワネットと出会った雪城千隼は、突然その手伝いを命じられる。しかし汚名の返上どころか極貧生活で餓死寸前!?

新作 わたし以外とのラブコメは許さないんだからね

【著】羽場楽人　【イラスト】イコモチ

冷たい態度に負けずアプローチを続けて一年、晴れて想い人に振り向いてもらえた俺。強気なくせに恋愛防御力0な彼女にイチャコラ欲求はもう限界!　秘密の両想いなのに恋敵まで現れて……?　恋人から始まるラブコメ爆誕!

新作 ラブコメは異世界を救ったあとで!
〜帰ってきたら、逆に魔王の娘がやってきた〜

【著】末羽 瑛　【イラスト】日向あずり

異世界で魔王を倒したあと、現代日本に戻って穏やかに暮らしていた俺。そんなある日、魔王の一人娘、フランチェスカが向こうの世界からやってくる。まさか、コイツと同棲するハメになるとは……なんてこった!

< 1 >
青年は古代兵器を駆り、
神話の獣を狩る。
羽場楽人
ILLUST
hou
スカルアトラス
楽園を継ぐ者
Light that reverses day and night exploded in the sky.
溶けない氷の中で青く光り、
眠り続ける巨大な骸骨“スカルアトラス”の謎を追う考古学者クレイは、
ある少女と出会い、
図らずも世界の大きなうねりに巻き込まれていく——。
電撃文庫

二月 公
イラスト／さばみぞれ
声優ラジオのウラオモテ
#01 夕陽とやすみは隠しきれない？
オモテは元気＆清楚なアイドル声優／
ウラはギャル＆根暗地味子な女子高生!?
プロ根性で世界をダマせ!
バレたらアウトの声優ラジオ
Now On Air!!
第26回
電撃小説大賞
大賞
受賞
電撃文庫

可愛いかがわしい
お前だけが僕のことを
わかってくれる（のだろうか）
鹿路けりま
イラスト◆にゅむ
同窓会で東大生だと
ウソをついた浪人生の僕。
もしウソがばれたら……よし、
死のう!　死んで異世界転生だ!
そんな人生絶望中の僕の前に
銀髪ロリ悪魔が現れ、『尊死』するまで
死なせてくれない!?
ってどんなラブコメだよ!?
電撃文庫